丛书主编　朱岩石

博古知今

图说秦始皇陵

跨越世纪的问号

何利群　著

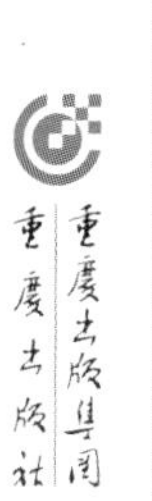

重庆出版社

图书在版编目（CIP）数据

跨越世纪的问号：图说秦始皇陵 / 何利群著. —重庆：
重庆出版社，2006.5
（博古架丛书 / 朱岩石主编）
ISBN 7-5366-7716-2

Ⅰ. 跨... Ⅱ. 何... Ⅲ. 秦始皇陵－通俗读物
Ⅳ. K878.8－49

中国版本图书馆 CIP 数据核字（2006）第 020143 号

博古架丛书
丛书主编：朱岩石
跨越世纪的问号——图说秦始皇陵
KUAYUE SHIJI DE WENHAO
何利群 著

出 版 人：罗小卫
丛书策划：刘 嘉
责任编辑：刘 嘉
封面设计：吴庆渝
技术设计：陈迪曦

重庆出版集团 重庆出版社 出版

重庆长江二路 205 号 邮政编码：400016 http://www.cqph.com
重庆出版集团图文制作部
自贡新华印刷厂印刷
重庆出版集团书林图书发行公司发行
E-MAIL:fxchu@cqph.com 电话：023－68809452
全国新华书店经销

开本：720mm×1000mm 1/16 印张：11 字数：127 千 插页 2
2006 年 5 月第 1 版 2006 年 5 月第 1 版第 1 次印刷
定价：24.80 元

如有印装质量问题，请向本集团书林图书发行公司调换：023－68809955 转 8005

聆听远古的足音

(代序)

是什么这样奇妙?

我们乞讨泉水以供饮用,但是

大地呵,你的怀里流出的却是什么?

你的地表以下还深藏着生命吗?

那熔岩层下覆盖着一个陌生的民族吗?

早已逝去的人们,难道还会回来吗?

快来看吧:希腊人,罗马人,来吧!

古老的庞培城又找到了,

海格利斯的城市出现了!

面对神秘的大地,伟大的诗人席勒禁不住发出这样的咏叹。诗人的表达总是包含着无尽的情思,超越时间和空间,散发出诱人的无穷魅力。在诗人的笔下,“考古”不再是一个遥远而虚幻的词眼,而是我们与大地沟通、与前人对话的一座桥梁,是我们与古老历史连接的唯一通道。

人类的好奇心是文明社会发展的动力之一。我们从哪里来?我们将要到哪里去?为了这个朴素的目的,人们以极大的勇气进行着对未知世界的探索。

在人类走过的漫长而修远的来路上，现代社会仅仅是短暂的一瞬间，而不同地域、不同民族、不同时代所创造和产生的各具特色的文明，在时间的长河中已经变得支离破碎，有的甚至成为我们记忆中的一片空白。考古学就是要修复那一个个早已残破的历史故事，要重现那一片片早已消失的人类记忆；它携手其他科学，一起为揭示人类社会发展轨迹与规律而努力。或许某一天，古老的陶瓷将会被考古学者再次放上转盘旋转起来，上面遗留的制作旋纹就会像唱片的声道，流淌出千百年前作坊的喧嚣。这虽然是离奇的想像，不过考古学可以发现奇迹，同样也可以创造奇迹。

考古学的研究理论和研究方法，距离人们的日常生活似乎很远很远，神秘而且陌生。我们在进行考古调查、勘探、发掘的时候，经常会遇到人们的疑问：

你们为什么知道这里的地下有古代城墙？

你们怎么发现和确定了古代墓葬的位置？

我们看起来普通的黄土中，你们凭什么能挖掘出和黄土没有两样的战车？

骨片或青铜器上的文字，你们是怎么解读的？

为什么一块不起眼的残砖碎瓦，你们竟能说出那么一大堆故事？

……

其实,人们的猜疑对于考古学者而言并没有那么高深莫测。从20世纪20年代首次发掘殷墟遗址开始,中国考古学界对于中华文明的认识是一步一个脚印走过来的。今天,中国考古学在世界考古学领域具有独特而重要的地位,不但是因为它有了自己的理论和方法,还由于几代中国考古学者的不懈努力,这其中有成功的喜悦,也有失败的泪花。这些努力,都需要甘于寂寞,需要时间的积淀,需要资料的消化,需要理论的升华。

考古学的发现,又好像距离我们很近很近。新的考古发现具有新闻效应,在经济快速发展的今天,国家、地方建设工程总量超过了任何一个时期,层出不穷的考古发现屡见报端。由于新闻传媒的持续关注,考古发现也成为人们茶余饭后的话题之一。随着中国经济发展,社会生活水平日益提高,人们对于古代艺术品倾注了极大的热情。无论是在博物馆静气宁神的气氛中欣赏古代的收藏艺术,还是漫步古代遗址旧迹追溯历史中曾经的流光溢彩,抑或在老街古巷中发现古人雕刻遗留下来的汉白玉门墩……可以说,那零距离的接触,无异于阅览一部生动的史书,那一刻,我们精神世界所得到的陶冶与升华无可替代。

面对民众不断升温的考古学热潮,针对考古学专业性强的特点，我们在想，中国考古学应当更加靠近普通民众，不但让国民为灿烂的中华文明而自豪，也通过走近考古学，让人们素质修养得到提高。因此，我们策划了这套通俗性的考古学读本，把我们在考古学领域中的愉悦与心得，用大众能够接受的语言和形式分享给广大读者。

本丛书的第一系列，我们选辑了20世纪考古发现中最有代表性的10座陵墓。撰写者都是主持过考古发掘的考古工作者，他们中有的人甚至直接参加了某些陵墓的考古发掘。在书中，他们不仅把陵墓的历史信息客观全面地呈现在读者面前，还以其亲历的体验，对考古发掘过程、时代背景、综合研究等娓娓道来，目的是让一般受众体会到考古工作中的兴奋与惊喜、懊恼与无奈、欣慰与满足，让读者零距离地过一把考古发掘的瘾。

我们的丛书首先选择了陵墓系列，是由于在单位面积中，古代陵墓是包含古代社会信息最为丰富的遗迹之一。也就是说，比较其他类型的大多数古代遗迹而言，在相同的面积中，陵墓所包含的出土文物多、说明当时社会生活的痕迹多、反映当时人们思想意识的现象多。

陵墓考古对于一般人来说，具有某种神秘色彩。提起陵墓，今天的人们或许会联想到灵魂世界，联想到玄机暗道，联想到阴曹地府。古人对于死后的世界更是充满独特的想像和诠释,在人类意识中始终存在着对于鬼神的某种敬畏,越是在古远的社会,人类的这种敬畏心理就越是强烈。于是出现了对于天地自然神明的崇拜与祭祀,出现了对阴间社会无穷的想像,出现了有组织有意识的各种活动,乃至发展成为文明社会中的礼制仪式、宗教仪轨。封建帝王陵墓中规模宏大的兵马仪仗,反映的是帝王的威严、生活的奢华与排场,也反映了封建社会森严的社会等级、严格的政治制度等等。

考古发掘的古代墓葬,绝大部分是配合基本建设时发现的,到目前为止,考古学者仍极少主动地去发掘古代墓葬。我们的原则之一是不主动发掘陵墓,特别是帝陵,毕竟考古学者进行考古发掘的目的不是为了挖宝取财,而是要通过看似片段、破碎的遗迹和遗物资料,把古代人类社会立体而生动地复原起来。

这既符合国家保护文物的基本方针,也符合科学负责的学术态度。因为古代遗址和墓葬作为文化资源,具有不可再生性的特点,无论是哪种古代的遗迹或遗物,一旦被破坏,其损失都无法弥补。迄今配合基本建设发掘的古墓葬中,有很多技术难题尚需多学科协作来解决,有的方法还需要时间的检验。因此,为了文物古迹的万全,对策之一就是保持这类古代遗迹目前相对稳定的原生状态。

中国是文物资源的大国,在配合基本建设的考古工作中，还会不断出现惊人的发现。始皇陵兵马俑坑的发现被人们公认为世界第八大奇迹，而那仅仅属于始皇帝个人的陪葬坑而已；马王堆汉墓的考古发现当时就震惊了世界，迅速成为各种肤色的人们谈论的中心；而1977年曾侯乙编钟的出土，那雄浑的乐音顿时让全世界都竖起耳朵肃穆聆听……对于这些宝贵的文物资源，我们每一个国民都有义务去保护它。

希望本丛书介绍的各具特色的考古发掘，让您足不出户就能感受到考古发现与研究带给人们的无穷乐趣与启迪，让您感受到考古学并非海上仙山，可遥望而不可近及。

下面，就请跟随我们一起走进考古发掘现场，去触摸考古工作者的心跳，去聆听远古人类的足音！

朱岩石

2006年3月记于北京

目 录

※ 聆听远古的足音(代序) / 1

一、一条古老的东方定律 / 3

1. 从崤山尸堆里爬起来的强国梦 / 5

2. 千古一帝 / 14

3. 骊山兀兮云飞扬 / 42

二、群星璀璨捧北辰 / 61

1. 再现帝都辉煌 / 65

2. 最漫长的埋伏 / 79

3. 陪葬坑中的宫廷生活 / 110

4. 同是天涯沦落人 / 138

三、跨越世纪的问号 / 147

谜团一:秦始皇身世之谜 / 148

谜团二:地宫之谜 / 151

谜团三:秦始皇陵区埋藏着多少奇迹? / 153

谜团四:项羽是焚烧秦始皇陵园的罪魁祸首吗? / 155

谜团五:谁进入过地宫? / 157

谜团六:陪葬墓的疑惑? / 160

谜团七:千古之谜何时解? / 162

在西安以东30余公里处，是著名的骊山风景区。这里山川秀丽、景色宜人，渭河蜿蜒于前，温泉深藏于内，自古以来便是历代帝王修建离宫别馆的好去处。传说中，女娲娘娘就在这里筑馆居住；西周末年的骊宫，曾上演了一出一笑倾人国、烽火戏诸侯的闹剧；唐代杨贵妃与华清池的故事，更是为后世文人墨客津津乐道。

秦陵远眺。矗立在八百里秦川上的秦始皇陵，已历经两千多年的风风雨雨，它偌大的封土下，埋藏着多少千古之谜？

而最受世人瞩目的，却是默默矗立在骊山北麓的一座巨型土丘。登高远眺，但见骊山峨峨，层峦叠嶂，山林葱郁；渭水悠悠，逶迤曲转，银蛇横卧。而那高大的封冢，在巍巍峰峦的环抱之中与骊山浑然一体。两千多年来，任凭风霜雪雨的侵蚀和沧海桑田的变幻，它依然故我地傲立于八百里秦川。它早已成为一种象征，标志着一个部族从刀耕火种到封疆立国的巨变，见证了一个大一统国家的磅礴气势，同时它也埋下了衰亡的种子，目击了一个帝国轰然倒塌前的刀光剑影和烈火残墟。

它就是中国首批入选联合国世界文化遗产的秦始皇帝陵。

一、一条古老的东方定律

中国人的祖先，用朴素的唯物主义眼光，把构成世界的元素分为金、木、水、火、土五种物质，称为“五行”。他们认为，天地宇宙、草木鱼虫、万事万物的构成都离不了这五种基本元素，并把它们与地望方位、时序季节、色彩干支、神兽瑞祥等相对应，相生相克，循环往复，形成了中国古代一套完整的哲学思想。

瓦当是用于遮挡建筑物椽头的建筑构件，常刻划有各种图案或文字，也具有一定的装饰效果。蕲年宫位于陕西凤翔秦雍城遗址附近，“蕲年”寓有祈祷丰年之意。

在这个复杂的思想体系里，有一条重要的定律，就是“金克木”。在五行学说里，金对应着西方，而木对应着东方。一部先秦的历史似乎也对这条定律给予了完美的诠释：上古时代，兴起于西部黄土高原的农耕雍城位于陕西宝鸡地区凤翔县，是秦人东进的一处重要据点，秦国先后在此建都长达294年。著名的秦公一号大墓（秦景公墓）历经十余年发掘，已告结束，墓室加墓道总长近300米，深24米，布局完整，规模宏大，墓中殉葬有186人，以大量木枋堆筑的椁室（即文献中记载的“黄肠题凑”）和无数随葬品为我们探讨秦国社会的政治、经济、文化、科技和意识形态等提供了极为丰富的资料。

部落黄帝，先后征服了位于他东方的炎帝和蚩尤；崛起于西部的周人，灭亡了来自东方的殷人；而活动在同一区域的秦国，在一系列残酷的兼并战争后，最终灭掉东方六国，完成了宇内一统的至高目标。

正是这三次来自西方对东方的征服，大陆性质的农耕文明在中华的大地上植下了深深的根系。以农耕为立国之本的周人，在灭亡了殷商王朝统治的同时，也灭亡了殷人勇于冒险与贸易的精神，这种精神正是以欧洲为代表的海洋文明的精髓所在；以铁的纪律和严格等级为标识的秦人，不仅让六国人民屈服于它铁腕的统治，也让齐人的民主学风、楚人的浪漫热情及对心灵世界的自由追求屈服于铁的秩序之下。

建立在农耕土壤层上的儒学思想，到了不久以后的汉代，就取得了“独尊”的地位。几千年来，这种思想一直渗透到我们灵魂深处，影响到我们今天生活的各个细节，与我们土壤一样黄色的皮肤紧紧地融为一体。

在这里，西方的“金”，不断克掉东方的“木”。利刃斫木，木折而金出，想来也是理所当然。

然而我们不禁要问:“金”真的天生就是“木”的克星吗?秦灭六国,真的就是天降大任、替天行道吗?让我们走进古老的秦帝国,来看看这柄属于“金”的战争利斧,是怎样在历史的砥砺上越磨越锋锐,在世界最后的等待中,挥出它石破天惊的致命一击……

1.从崤山尸堆里爬起来的强国梦

秦人的祖源,可上溯到远古时代的五帝之一颛顼。

传说颛顼的孙女修,是一个馋嘴的小姑娘。一天在郊外游玩,见到一枚五彩的鸟卵,竟忍不住把它吞食了,结果由此怀孕而生下一个胖儿子大业。

类似这样的故事在先秦文献中屡见不鲜。《诗经》中有“天命玄鸟,降而生商”的传说,讲的是简狄因食了燕子遗下的卵而生下殷商先祖契的故事;美丽的姑娘姜原,在野外见到一个巨大的脚印,好奇心让她将自己的纤纤素足踩踏上去,想试一试那巨人的脚到底比自己大多少,结果怀孕生下了周人的先祖后稷。如果剔除掉蕴含在其中的神话色彩,我们可以看到,这正是母系氏族社会时期,生子知母不知父的现实反映。

秦的先人在历史长河中留传下许多可圈可点的业绩。大业的儿子大费,在古史的传说时代,因善于驯服各种鸟兽

秦国贵族车马坑，发现于甘肃礼县圆顶山秦贵族墓地。内葬车马一列五乘，并有殉葬的御人，属于春秋时期秦国高级贵族的陪葬坑。此处为秦人第一处王公陵区——西陲陵区。陇东地区是秦人最早的生存地，秦人就是从这片史书中所谓的“戎狄之地”一步步东进，最终完成统一大业的。

而被舜帝赐姓为“嬴”，这就是“嬴秦”的由来。后来他又协助大禹治水，功绩卓著。其后裔子孙在夏商西周三代，世代为王室养马放牧，为国君守卫西陲，应该说他们为防范西戎的入侵、保障中原的安宁立下了汗马功劳。这也是一个传奇般的部落，它最早的居住地在哪儿，什么时候迁移到西北高原，至今仍然是一个谜。

西周末年，周幽王昏庸无道，宠爱褒姒，废申后及太子。为博取美人一笑，这位昏聩的国王不惜数次点燃传达紧急军情的烽火戏弄诸侯。后在申侯和犬戎来犯时，竟无人来救，结果国灭身亡。西周亡后，秦襄公派兵护送周平王迁都洛邑。为了感激秦人的忠诚，周天子封秦人的首领为诸侯，赐以岐西之地，就这样，秦人建立了自己的国家。

秦建国之初，形势相当严峻，因为周王室封它的土地，大都被我国西北方的少数民族犬戎侵占着。秦国最初几任国君的主要任务，就是想方设法与西戎争夺土地和人口，这种状况一直持续到公元前7世纪秦穆公在位期间，才基本得到缓解。

秦穆公是一位胸怀大志的君主，他能不拘一格地任用贤能。当时秦东面的晋国国力强盛，用金玉珠宝贿赂虞国的国君，希望能借道去进攻虢国。虞君贪利借道，结果晋军回师途中顺势灭了虞国，这便是成语"假虞灭虢"的来源。虞国的君主虽然愚蠢，可他手下却不乏人才，宫之奇和百里奚就是很有名的两位代表。百里奚同虞君一起成为晋国的俘虏，晋献公却慧眼识人，发现了百里奚超群的学识。正好这一年，秦穆公派公子絷来晋国求亲，晋献公答应把长公主嫁过去，认为百里奚是个可靠的人才，就把他作为陪嫁送给了秦国。两鬓斑白的百里奚行走在出嫁人的行列中，想到自己胸罗不世之才，临到暮年还沦落异乡为人仆役，越想越愤，趁人不备就溜出人流，辗转流亡，飘泊异乡，最后流落到了楚国，成为一个牧羊人。秦穆公久慕百里奚的贤名，想以重金聘请他到秦国，但又怕这样彰显的举动招来楚人的怀疑，反而弄巧成拙，于是想出一条妙计，诈称追赎亡奴，以五张羊皮的代价巧妙地迎回了具有经世纬国大才的百里奚，并委之以国家大政。百里奚深感知遇之恩，马上向穆公举荐了蹇叔等人。在百里奚、蹇叔等一批贤人的辅佐下，秦穆公向东屡次击败强大的晋国，向西则大举伐戎，开地千里，益国十二，在独霸西戎之后一举登上了春秋霸主的宝座。

青铜车形器，甘肃礼县圆顶山秦贵族墓地出土。此器通高 8.8 厘米、宽 7.5 厘米，有四轮，车体上铸出多组神兽和怪鸟，车厢遍饰繁缛抽象的蟠虬纹，它应为具有某种礼仪意义的祭祀品。此器的出土说明，秦国具有高超的制车技术，那车旁的四轮，至今仍能转动。

应该说秦国的强国之路并不平坦，首先挡在它面前的是强大的晋国。要强国发展，就必须越过晋国这一关，于是在公元前 627 年，从中学历史课本中都能读到的秦晋之间的崤之战爆发了。

崤山位于今河南省的三门峡地区，这里地势险峻，自古为兵家必争之地。当时晋文公新丧，晋襄公初立，面对秦军无理过境的挑衅，晋国人同仇敌忾，晋襄公穿着墨染的丧服率兵出征，利用崤的有利地势进行设伏，结果一举全歼秦军，连秦国的主帅孟明视、白乙丙、西乞术也被晋军活捉。

那是一个血色的黄昏，冲锋的嘶杀声早已停息，崤的山谷里，是一片令人窒息的寂静。枝上不见一只鸟影，石隙里听不到一声虫鸣，只有带着血腥气的山风不断从谷中吹来，令周围数十里内的草木虫兽为之颤栗噤声。而谷中的每一片焦黑的土地上，都躺满了形态各异的尸体，有的握拳向天，有的挣扎欲起，有的利箭穿目，有的肢体分离……

秦的强国战略在崤的山谷中戛然止步。是不屈不挠地奋进崛起，还是就此走向沉沦，就像春秋战国时期大多数国家那样最终默默地从历史

秦晋崤山之战。公元前628年，晋文公去世，晋襄公即位。正当晋国大丧之日，秦穆公不听蹇叔之言，偷偷发兵潜越晋境，去偷袭晋的盟国郑国。消息传来，晋国举国同仇，晋襄公穿着丧服率师出战，在晋境内的崤山设伏，秦师全军覆灭。此图选自清刊本《东周列国志》。

长河中消失。我们看到，秦人的表现，为他们最终能一统华夏作了最强有力的证明。

消息传到秦国国内，秦穆公惊得目瞪口呆，过了半晌，他穿起丧服，率领文武百官来到东郊，向着秦军出师的方向号啕大哭。他向着天空哭喊："都是寡人的昏聩呀，不听蹇叔忠告，害得孟明全军覆没，罪责全在寡人一人呀！愿苍天保佑他们，所有罪过全由寡人承担吧！"

孟明视等三人被释放归来，秦穆公非但没有治他们的罪，反而自己承担了全部责任，让他们继续领兵，悉心复仇。两年后，孟明视兴兵伐晋，在彭衙与晋交战，结果失败而归。秦穆公依然一如既往地信任着自己的将领，并且愈加厚待他们。

孟明视等深感无颜面君，更无颜面对生养自己的土地和百姓。他们放弃了豪华的住宅，脱下了锦绣的衣袍，只身住进军营，与士兵们同吃同住，共同操练。一年下来，孟明视老了，白发爬满了他的鬓角，皱纹深契入他的前额。但孟明视率领的秦军却士气高昂，敌忾同仇。

公元前624年，即周襄王二十八年四月，秦军以哀兵之势东渡黄河。他们焚烧了渡河的船只，誓师东向，所到之处晋军望风披靡。秦军一直攻取了晋国的王官城，并打到京城郊外，晋军闭城不战，莫敢与秦师争锋。

秦穆公亲自从茅津渡河，来到崤的山谷中。但见累累白骨，盈山遍野，所从士卒，无不痛哭失声。秦穆公修造了一座巨大的墓冢来安葬这些忠勇的士兵们。他身着丧服，大哭三日，痛悼亡灵，焚香祭辞：“我忠勇的将士们，你们静听我言：我不听贤能的劝诫，致使你们抛尸荒野，为国捐躯。这都是我个人的罪孽。我今来筑冢安葬你们，也立此以为天下示，让后世牢牢记住我的过失吧。”世人闻言，无不垂泪。古代圣人叹道：穆公能有如此宽广的襟怀，何患没有胜利的一天！

从崤山的尸堆里爬起来的，不是沉沦，而是秦人不屈的强国梦。

战国初年，七雄争战连年不休，此时的秦国内政不宁，而以魏国为首的韩、赵、魏三晋联军又屡败秦军，攻占了秦的河

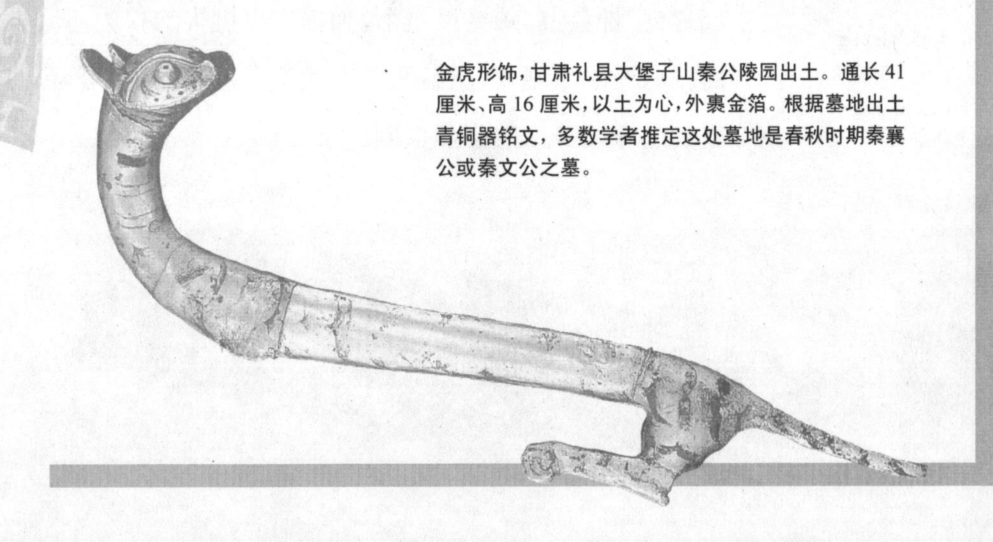

金虎形饰，甘肃礼县大堡子山秦公陵园出土。通长41厘米、高16厘米，以土为心，外裹金箔。根据墓地出土青铜器铭文，多数学者推定这处墓地是春秋时期秦襄公或秦文公之墓。

西之地，秦国被迫退缩于西北一隅，内外交困，无暇顾及中原事务，因此一时被东方诸国视为夷狄之流，不屑与其为伍。

秦孝公即位后，深感“诸侯卑秦，丑莫大焉”，于是立志变法图强。公元前356年，秦孝公重用从魏国来的商鞅，开始推行新政。这些新政的主要内容有：

(1)废除落后的井田制，开阡陌封疆，平均赋税；

(2)以农为本，重农抑商，严厉限制商贾和手工业者的活动；

(3)削弱世袭贵族权力，奖励军功，以军功大小定贵族身份之高下；

(4)严格法制，实行什伍连坐法，一人犯法，家人邻居均受牵连；

(5)推广郡县制，统一度量衡，加强中央机构的权力。

商鞅的变法措施，严重触犯了世袭贵族的利益，不可避免地受到了守旧势力的强烈抵制。

商鞅铜方升。商鞅变法时，为统一秦国的度量衡，制造了这一件标准的量器。

为严明法纪，取信于民，商鞅令人在国都南门立下一根木桩，公告世人：有能将此木移到北门者，奖赏十金。老百姓谁也不相信有这等便宜的事，竟无人应召。商鞅遂把赏金增至五十金。有一个乡巴佬将信将疑地走上前来，轻轻松松就得到了他做梦都不敢想的赏金。

但不是每个人都有乡巴佬的幸运，守旧贵族公子虔和公孙贾二人就因此倒了大霉。此二人是太子的老师，后来太子犯了法，全国没有一个人会相信商鞅敢惩办太子，可商鞅不畏权贵，对公子虔和公孙贾二人实行了黥脸割鼻的严刑，这一举动让全国震动。秦国的百姓从此知道了“法”的威严，新法由此得以顺利推广。

商鞅立木为信。此图取自清刊本《东周列国志》。

在商鞅治秦的数年之内，秦国大治，国强民富，路不拾遗，夜不闭户，法规令行禁止，士卒奋勇争先，连败东方诸国，尽

玉圭，甘肃礼县圆顶山贵族墓地出土。最大一件长4.1厘米、宽0.6厘米。圭是《周礼》中记载的祭祀天地的六种"瑞玉"之一，是古代最重要的礼器。春秋战国以来，在"礼崩乐坏"的东方诸国并不多见，而被以"蛮夷"视之的秦国墓葬中却有不少发现，这大概就是孔子所说的"礼失而求诸野"吧！

收先前失地，又接着南向灭蜀击楚，占领天府之地。一时之间，声威大震，楚、韩、赵、魏诸国先后来朝，周天子也遣使入贺。秦国从此扭转了被动挨打的局面，走向了问鼎中原的道路。

2. 千古一帝

公元前259年正月，一阵阵呼啸的寒风掠过赵国的国都邯郸，在一家客栈的房间里，有个健壮的婴儿来到了人世。他是一个落魄的王孙与一个富贾的舞姬生下的孩子，因于正月生于赵国，故起名"赵政"。

他便是中国历史上著名的千古一帝——秦始皇嬴政。

嬴政的父亲秦异人，是当时秦国太子安国君(即后来的秦孝文王)之子。秦异人的母亲夏姬失宠于安国君，于是异人就被作为人质送到了赵国，而当时秦赵连年交兵，秦异人在邯郸也极受冷遇，生活十分窘迫。

这时，赵国有一个富可敌国的大商人吕不韦，以商人的敏锐眼光看出，这是一笔可以收获天价的大买卖，秦异人奇货可居，值得冒险一博。于是他散尽家财，倾力结交，并竭力游说安国君宠幸的华阳夫人，将秦异人立为嫡子，以备将来作为秦国的储君。

秦始皇嬴政像

后来秦将王龁围攻邯郸，赵王激愤之下，欲杀异人泄愤。在吕不韦的协助下，秦异人以重金贿赂门吏，孤身逃回秦国，而嬴政母子则在赵国亡匿数年，直到异人成为秦国储君，权势见重，赵国才将嬴政母子送还秦国。

公元前246年，秦庄襄王（异人）去世，秦王政即位，时年13岁。

少年的嬴政把国家大

事尽委于母亲太后和相国吕不韦，并尊称为“仲父”。

按秦国的制度，国君到了22岁将举行冠礼，行礼后便要加冕亲政。

公元前238年，秦王政21岁时，秦国的宫廷中掀动了激烈的政治斗争。当朝宰相吕不韦有宾客三千、奴仆上万，权倾朝野。这一年，他把《吕氏春秋》悬于首都咸阳的市门上，悬赏说“能增损一字者予千金”，其目的是想在秦王政亲政前先定立自己的学说，让嬴政成为他的学说的实践者；而另一个政治集团里，太后为了巩固自己的势力，在这一年把自己宠信的宦官嫪毐封为长信侯，后又把河西、太原两郡封予他，以便抢先占据有利地位。一时间，秦国境内的大小官员人人自危，在这两大政治势力间徘徊不定：“与嫪氏乎？与吕氏乎？”

这两大政治势力不仅严重威胁着秦王政的统治，而且使秦国面临着分裂的危险。公元前239年，秦王政年满22岁，按秦制，冠礼要在宗庙中举行，他借此机会特意从咸阳来到旧都雍，巧妙地避开了两大势力的牵制。他暗中查知嫪毐并非真正的太监，且长年和太后私通，便作好了铲除嫪毐的准备。

嫪毐知阴谋败露，决定先发制人，率先发动叛乱。早有准备的秦王政当即调遣士卒进行平叛，双方在咸阳激战，嫪毐大败，丢弃士卒只身逃逸。秦王政悬赏重金擒获嫪毐，并用车裂酷刑把他五马分尸，又下令诛灭了他的父母兄弟全族。参与叛乱且罪大恶极的20多人被斩首悬挂，而后又五马分尸；嫪毐的宗族被夷灭一尽，连手下的舍人也不能幸免，最轻的也要服刑3年。秦王把太后幽囚移居到了雍，不得在咸阳宫居住。受此事牵连的人达四千多，他们全部被迁移到巴蜀地区充军，永不得北返。

秦王政的下一个目标自然就是一手将他扶上王位的吕不韦了。嫪毐曾是吕不韦的门客，是吕不韦亲自把他荐入王宫，才有机会接近太后，形成势力的。第二年，吕不韦由于牵连而获罪，被免去相位，迁居到自己的封地洛阳居住。可是这位做成了中国历史上最大一单买卖的大商人，却没能识透时务，依然同各国的使者打得火热，这不能不引起秦王政的猜疑。于是他给昔日的"仲父"写了一封措辞严厉的信，并让

青铜虎符。卧虎状，中剖为二，长8.9厘米、高3.4厘米，虎体有错金篆体铭文12字："甲兵之符，右在皇帝，左在阳陵"。虎符是中国古代调兵遣将的凭证，一半在国君手中，另一半由驻地将领保管，左右两符相合，才能调动军队。秦代军队的调动权完全掌握在君主手中，嫪毐叛乱时，由于无法掌握虎符，不能调动军队，只能以一千余人亲信发动反叛，结果被秦王政果断地镇压下去。

他和他的家人一起去巴蜀定居。吕不韦知道末日到了，买卖已做到了尽头，这一生也算是赚了个盆满钵溢，够本了。于是，一杯药酒送走了这位中国历史上最能做买卖的大商人。

秦王政执政之初，便显露出其卓越的政治手腕和狠辣的行事风格，预示着秦国的内外政策将发生根本的改变，也预示着中国的历史将掀起一场大的波澜。

秦王政接手的秦国，经几代先王的励精图治，已南并巴蜀，北收上郡，东至荥阳，兵刃所向，势如破竹，兼并天下的时机已渐趋成熟。在平定了嫪毐叛乱和罢免了大权独揽的相国吕不韦后，秦王政开始起用一批新人，于是，李斯、尉缭等人物的名字出现在历史的视野中，统一六国的宏图伟业开始了。

公元前230年，秦国吹响了东进的号角。秦王政采取远交近攻、各个击破的策略，先派内史腾出兵攻韩，俘韩王安，以其地置颍川郡。

公元前228年，秦王政亲赴邯郸，王翦、羌瘣、端和数路并进，灭赵国，俘赵王迁。赵公子嘉率宗室百余人逃至代郡，自立为代王。

公元前227年，燕太子丹畏秦军强势，派荆轲行刺秦王未遂。秦大军北上，次年攻破燕都蓟城，燕王喜迁居辽东，献太子丹首级乞和。

荆轲刺秦王。此图取自山东嘉祥武氏祠的东汉画像石，画面展示了那生死瞬间的紧张情景。

公元前225年，秦将王贲攻魏，以黄河水灌魏都大梁，魏王假被俘。

公元前224年，秦将王翦率大军攻楚，俘楚王负刍。楚将项燕另立昌平君为楚王，次年被秦军攻灭。

公元前222年，秦将王贲横扫燕、赵残余势力，燕王喜、代王嘉束手就擒。

公元前221年，秦将王贲挟灭五国之余威，一举攻入齐都临淄，齐王建自缚请降。

让世界伸着脖子静静等待的那柄锋利的战斧，终于迸着耀眼的寒光，发出它惊天动地的最后一击！

踌躇满志的秦王政，认为自己德高三皇，功过五帝，“王”的称号已不能彰显他至高无上的权势和地位，因此必须更改

小篆体铭文砖。采集品，长 30.8 厘米、宽 26.7 厘米、厚 4.0 厘米，砖面阳刻十二字秦篆："海内皆臣，岁登成熟，道毋饥人"，一般推测为秦统一后歌功颂德之作，但也有学者对此砖的时代提出异议。

名号，把古代传说中神和人最尊贵的三皇五帝的称号合二为一，号称"皇帝"。从此，这一称号成为封建国家最高统治者的称号，在中国被沿袭了 2000 多年，直到公元 1912 年满清最末一个皇帝溥仪退位，这个称号才最终退出了历史舞台。

另外还规定，皇帝自称为"朕"，下达的命令称"诏"，使用的印章称"玺"。规定皇帝按照世代来排列，自立尊号为"始皇帝"，第二代称"二世"，以至于"三世"、"四世"……"传之无穷"，直至千秋万世，永续大统。

统一六国后的秦始皇，并没有固步自封，不思进取。在灭掉齐国以后，他即派遣 50 万大军南征百越。秦大军分五路南下，遭到了居住在今天两广地区的越人的坚强抵抗。秦军远离大后方，粮草运输十分困难，战争僵持了 3 年而不能取胜。公元前 214 年，秦始皇令监御史禄在今天广西的兴安县北开凿了一条灵渠，把湘水引入漓江，沟通了湘江和漓江的交通，打通了长江水系和珠江水系的通道，贯穿了南北航路，为统一岭南和对这个区域的治理开发奠定了基础。解决

了粮饷困难的秦军士气高昂，经过一系列惨烈的战斗，秦始皇终于征服越族，在其区域设南海、桂林和象三郡，今天的两广地区正式划入中国的疆域，接受中央政府的领导。第二年，又迁移了 50 万人戍守五岭，与越人杂居，加速了这一地区的民族融合和经济文化的发展。

匈奴是居住在我国北方的游牧民族之一，对开发祖国的北疆起了很重大的作用。战国后期，匈奴进入奴隶社会，他

灵渠今貌。灵渠是为南征百越而在公元前 214 年开凿的，将湘水引入漓江，贯通了长江和珠江两大水系，是我国古代水利工程史上的一项奇迹。

秦长城现状。万里长城是秦王朝抵御匈奴入侵的重要屏障，现如今已成为中华民族的象征。残存在荒郊野外的秦长城遗迹，仍可令我们一窥其当年的雄姿。

们利用骑兵行动快捷的优势，经常深入中原，对以农业为主的各族人民进行袭扰和掠夺。当时中原诸国忙于兼并战争，一般都对匈奴采取守势。与匈奴接壤的秦、赵、燕等国都在北边修筑长城，派出军队驻守戍卫。

秦始皇统一六国后，匈奴对秦的威胁并没有解除。公元前218年，秦始皇北遣蒙恬率30万大军奔赴河套地区抗击匈奴。战争进行得十分顺利，秦军收复了河套南北的广大地区，却匈奴七百余里，设置了34个县进行管理，并重建了九原郡，巩固了中央政府对这一地区的统治。

为了巩固北方的安全，秦始皇还修筑了举世闻名的万里长城。公元前213年，秦始皇把过去秦、赵、燕三国的长城连

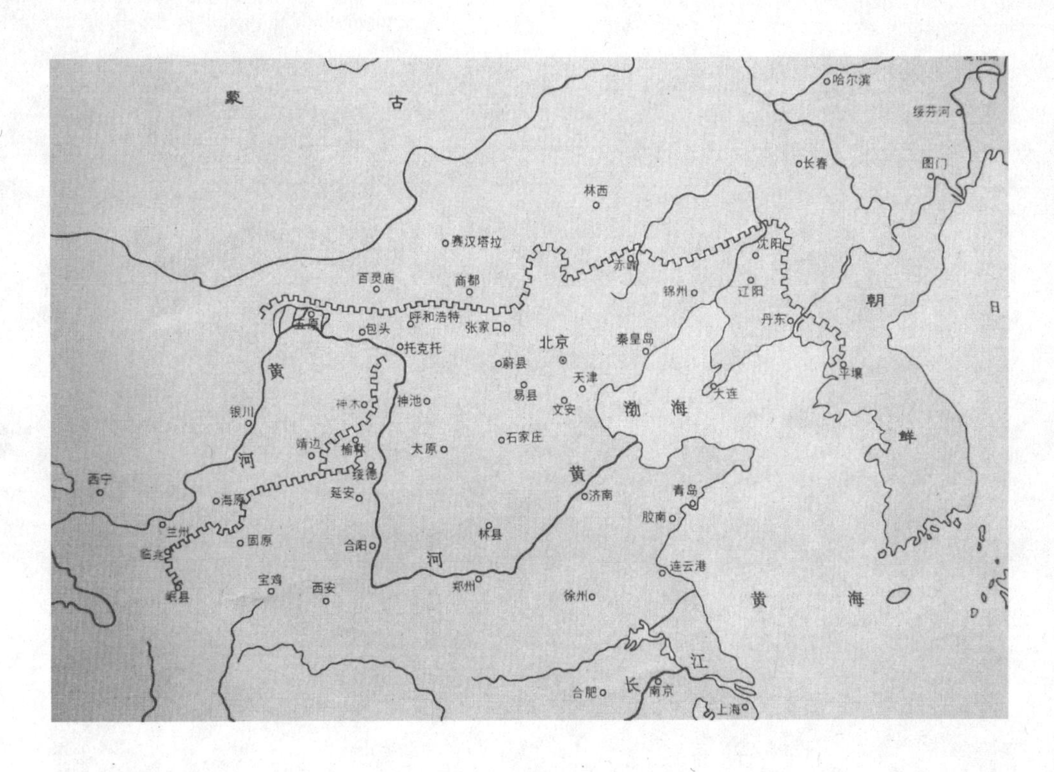

秦长城路线图

接起来,修筑了一条西起甘肃临洮,东至辽东郡碣石的万里长城。它对于抵御匈奴的入侵,保障内地人民生产和生活的安全起到了重要作用。据说,飞向太空的宇航员曾经报告说,从遥远的月球观察地球,能够辨认出的人类工程只有两个,其中一个就是中国的万里长城。雄伟的万里长城是中国古代人民创造的世界奇迹之一,也是人类文明史上的一座丰碑。今天,它已成为中华民族的象征,成了一个民族坚强不屈的脊梁!

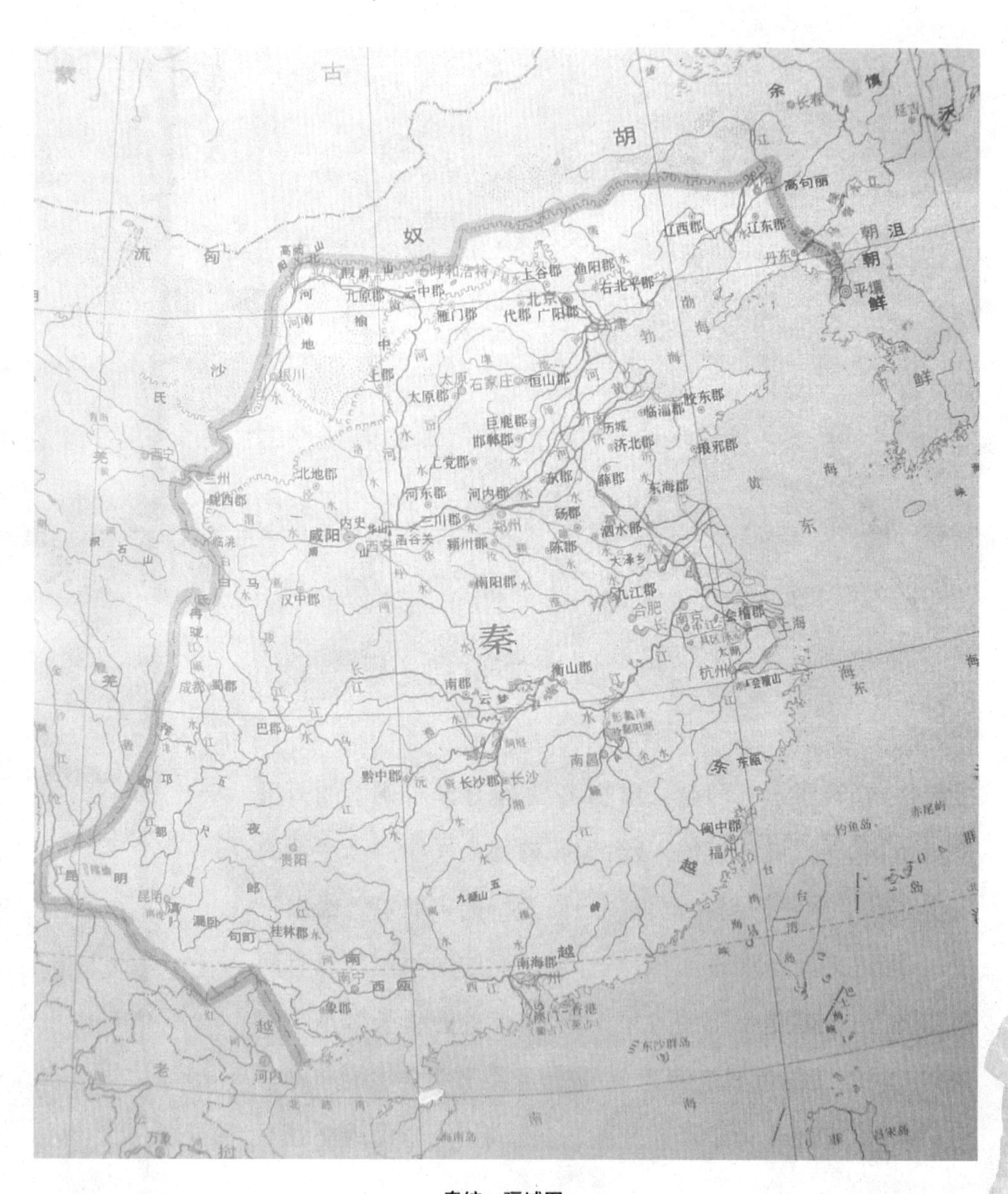
蒙
古
胡
奴
流
匈
沙
氐
羌
余
慎
长春
高句丽
辽西郡
辽东郡
朝
沮
朝
鲜
平壤
丹东
上谷郡
渔阳郡
右北平郡
呼和浩特
九原郡
云中郡
雁门郡
代郡
北京
广阳郡
天津
渤
海
太原
石家庄
恒山郡
太原郡
上郡
巨鹿郡
邯郸郡
临淄郡
胶东郡
历城
济北郡
琅邪郡
上党郡
东郡
薛郡
东海郡
黄
海
东
西宁
兰州
北地郡
陇西郡
河东郡
河内郡
砀郡
泗水郡
内史
咸阳
西安
函谷关
三川郡
郑州
颍川郡
陈郡
大泽乡
临洮
白马
汉中郡
南阳郡
九江郡
合肥
南京
会稽郡
上海
秦
杭州
会稽山
成都
蜀郡
南郡
衡山郡
云梦
巴郡
南昌
黔中郡
长沙郡
长沙
东瓯
闽中郡
福州
越
贵阳
夜
郎
昆明
滇
九嶷山
桂林郡
南海郡
南宁
西瓯
象郡
香港
东沙群岛
河内
老
台
钓鱼岛
赤尾屿
海南岛
万象

秦统一疆域图

经过一系列的征战，秦始皇创建了一个空前强大的帝国。据《史记》记载，当时秦国的疆域，东起大海，西至临洮，北并阴山直至辽东，南达岭南，成为当时世界上最大的一个国家。

为巩固国家的统一，秦始皇采取了一系列措施，在全国范围内建立起专制主义中央集权的国家制度，确立了从中央到地方层层控制的统治体系，对后代政治体制产生了极其深远的影响。

在经济文化和法律方面，秦王朝实行统一的法制、货币和文字，采用统一的度量衡和车轨制度。以咸阳为中心，修筑了东抵河北、山东，南达江苏、安徽的秦驰道，大大促进了各地的交通运输状况和经济文化交往。

这些措施的实行，对于巩固国家的统一，促进社会经济文化的发展，加强各民族之间的联系都起到了十分积极的作用，它为中华民族大家庭的最后形成奠定了基础。

秦诏版。公元前221年，兼并六国后，秦始皇即下令统一全国的度量衡制，并多次发布诏书，颁行天下。秦二世胡亥即位后，再度重申这一法令。本件铜版诏书残高11.5厘米、宽13.4厘米，其上镌刻有秦始皇二十六年统一度量衡的40字诏书，后面还附刻有二世元年补刻之文字。

功成名就后的秦始皇，开始显露出他喜好游玩的天性。就在六国统一战争结束后的第二年（公元前220年），他便离开都城咸阳，外出巡游。这一去便如野鹤凌空，一发不可收拾。

秦直道遗迹。秦始皇统一六国后，实行车同轨、书同文，修建了四通八达、辐射全国各重要郡县和军事重镇的直道和驰道，改善了中国古代的交通运输状况。

他的一生中先后远游了5次，足迹遍及帝国的山山水水。他向西到了秦国西陲甘肃陇西一带；向东抵达秦国的最东境——山东半岛海边；往北来到了辽宁、内蒙九原的长城边境线上；向南游遍了长江中下游南部的广大地区。甚至他的生命也结束在旅途中：公元前210年，在他第5次出游时，病死于河北沙丘的旅途。

四通八达的秦驰道，为他的出游提供了方便，而舒适安全的交通工具，又是他出行的有力保障。秦始皇乘坐的到底是什么车辆，在历史文献中未见记载。1980年底，在秦始皇陵封土西侧，发掘出土了两乘铜车马，为我们解开此谜提供了参考。这是一辆按原物缩小一半的仿真车马，前面的叫高车，是开道车；后面的叫安车，是秦始皇乘坐的“高级卧车”。其设置精美豪华，可坐可卧，安稳舒适。车厢有一门三窗，门在车尾，前窗可上下启闭，左右两窗板镶在两个凹槽之间，可以来回拉动，就像现在汽车上的滑拉玻璃窗，既便于观览沿途景色，又可通气采光，“闭之则温，启之则凉”，可以说是秦代的“空调”车了。

史书记载，嬴政外出巡游时，总是前呼后拥，文武重臣随行护驾，大小车辆可达 80 多辆，旌旗招展，仪仗丰隆，浩浩荡荡，威风八面。难怪这样的排场，会引来一些胸怀大志的人士的钦羡。后来成为西汉王朝开国皇帝的刘邦，当时还是一

铜车马车门彩绘图案。铜车马通体都有繁缛华丽的彩绘装饰图案，经过专家的细致保护和修复，彩绘图案基本完好地保存下来。此图是安车门内侧的装饰，画面主体为夔龙夔凤纹，色彩鲜艳，线条流畅，具有较高的艺术价值。

个籍籍无名的小人物，面对如此的威仪，禁不住悠然向往，感慨地叹道："大丈夫当如是耳。"少年时代的项羽，在钱塘江边巧遇巡游的车队，他指着正在缓缓渡河的车仗对他的叔父项梁说："彼可取而代也。"

琅琊刻石。为威慑各国残余势力，昭显一统天下的丰功伟绩，秦始皇从公元前220年至前210年，先后五次出巡全国各地，所到之处均勒石刻碑，颂扬其统一中国的功绩。此为公元前209年，秦始皇第二次出巡时，在今山东省胶南市登琅琊山时的记功刻石，残存13行87字，小篆体，字体优美，传为廷尉李斯所书。

嬴政这样不辞辛劳地频繁外出巡游，虽是个人兴趣所致，但也隐含着政治目的，那就是要臣服被灭的东方六国，树立自己的威望，巩固自己的统治，对六国的遗民进行示威和安抚。所以在出游的所到之处，嬴政都要四处刻石铭功，宣扬他的德威。据记载，全国共留下了峄山、泰山、琅琊、芝罘、东观、碣石、会稽七方刻石，其内容无一不是颂扬秦始皇平定六国、整肃天下的丰功伟绩。

嬴政巡游，在历史上还有许多的传说。其中，秦始皇泗水捞鼎的故事格外引人入胜。

相传夏禹继天子位后，用九州所贡之金，铸成九鼎，将每一州的山川形势、奇神怪兽都铸在每个鼎上，用以昭示九州百姓。鼎上画图精妙异常，浑然天成，于是九鼎就成了国家最重要的宝贝。有谁要想夺天子位，不必明说夺天下，只问九鼎的大小轻重，就可知他的野心了，这就是“问鼎天下”的由来。后来九鼎之一沉于泗水深潭之中。嬴政到峄山祭祀回来，路过彭城，听说了这个鼎的下落，于是他认为：这个鼎的出现是个好兆头，表明他一统天下、盛世太平。于是心中大喜，一定要让人把鼎捞上来。随游的官员，立即组织数千人投入水中打捞。据民间传说，当年打捞铜鼎的场面十分热烈壮观，有高官坐镇指挥，人员各有分工，有的用船打捞，有的架起求鼎支架，有的在泗水两岸持绳一字排开准备往上拉

东汉画像石“秦始皇泗水捞鼎”图

鼎。当人们在河中找到鼎后，系好绳子想拉上岸。忽然从鼎中伸出一龙头，把系好的绳子咬断，结果拉绳的人都摔倒了。那鼎仅在人前现身一闪，就又落回到河里。人们接着入水去找，却再也找不回来。秦始皇捞鼎一场空的故事，一直流传下来，人们也因此称徐州一段的泗水为“鼎伏”。

据说离开徐州后，嬴政一行折而向南，来到今湖南境内的湘水祠。在渡湘江的时候，突然狂风大作，江面波涛汹涌，险些掀翻了嬴政的座船。立足不稳的秦始皇被侍卫们手忙脚乱地扶进船舱，随身的一块玉璧也在忙乱中掉入江水。登岸后他问身边的博士：“这是何神在作怪？”博士对答：“听说是湘妃女神。她是尧的女儿，舜的妻子，死后就葬在这里。”嬴政一听非常生气，下令砍光了湘山的树木，来发泄这位天下第一帝心中的愤怒。

嬴政的出巡，还有一个重要的个人目的，那就是寻访仙人，求取长生不老的灵药，这也是他多次来到山东海滨的原因。原来这里有个方士叫徐福，上书给秦始皇，说东海有蓬莱、方丈、瀛洲三座仙山，上有长生不老的仙药。哪知秦始皇如获至宝，就让徐福赶快去寻访。本来想以此邀宠的徐福没想到事情居然发展成这样，却又不能承认自己的真实目的，只好胡乱编造出一个理由，说是海中有鲛鱼在捣乱，无法成行。于是嬴政亲自率领大批弓箭手，驾着大船驶向广阔的大海去寻杀鲛鱼。可是哪里能找到这恶神的影子，从琅琊到荣成山，他们一无所获。然后船队又驶向芝罘，他们终于看到海面有巨鱼出没。机会稍纵即逝，弓箭手们驾船拼命追杀，才最终射杀了一条。用今天的眼光看，嬴政的船队很可能是猎杀了一头巨鲸。嬴政见挡道的鲛鱼已被清除，就派徐福率数千童男童女漂洋过海去寻仙访药。最后的结果是劳民伤财，一无所获。出海后的徐福如飞鸿渺渺，一去不返。据说徐福带着他的童男童女东渡到了日本，建立了自己的乐土。至今仍有不少日本人自认是徐福的后代。

秦始皇遣徐福东海求仙群雕像。此雕像群塑于山东省青岛市琅琊台风景区。相传当年徐福就是从这里下海东渡的。

应该看到，秦始皇为巩固中央集权制封建国家所采取的一系列措施，在当时无疑是有积极意义的，它为后世中国统一的多民族国家的形成和发展奠定了基础。同时也不可否

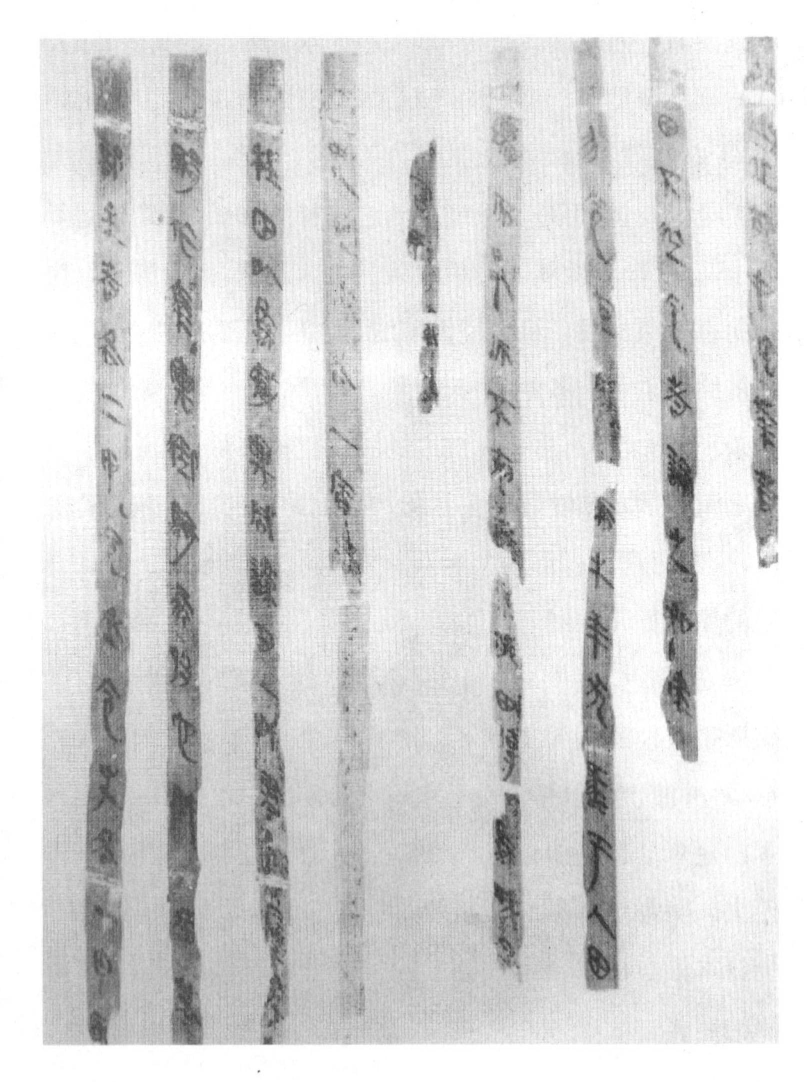

睡虎地秦简。1975年，湖北省云梦县睡虎地出土秦代竹简1150枚，近四万字，内容涉及政治、经济、军事、法律、天文历法、医药卜筮等各方面，为研究秦代的社会历史提供了极为丰富的文字资料。其中的《秦律》，是我国目前发现的年代最早、条目最全、内容最丰富的成文法典，详细记载了秦代的各项严刑苛法。

认,秦王朝的统治是极其残酷的,对人民的搜刮也是没有节制的。

秦国自商鞅变法以来,它的统治之术是以法家思想为基础,实行铁腕的法制制度,推行严酷的等级制,以法为教,以吏为师,重权术而轻百姓。这种统治到了秦始皇统一六国后,已经达到了登峰造极的地步。

《秦律》的条文极其繁琐,大到确认封建制国家的生产关系,征发徭役赋税,小到盗一文钱都有明文规定。1975 年,在湖北云梦睡虎地,出土了一批与秦律有关的秦简,为我们提供了丰富的资料。从残存的简文中,可以看出秦代有车裂、斩首、割鼻、断肢、黥印、鞭笞等种种酷刑;稍不留意,耕田的农民就会沦落为奴隶,如秦律规定,丈夫偷盗千钱者,妻子即收为奴。正是这种苛刻的刑法,导致了秦代"赭衣塞路,囹圄成市"的局面,老百姓惶恐不安,人人自危。

在刚刚完成的统一战争中,国家经济已经凋敝不堪,人民流离失所,本当休养生息,发展经济。按说嬴政本也有这个心思,他把"黔首是富"几个字刻在石头上,意思是说要让种地的人都富裕起来。可是好大喜功的秦始皇却继续南征北伐,穷兵黩武。同时大规模地征发徭役,滥用民力。

除了游玩,嬴政还有一个极大的嗜好,就是对建筑的迷恋。在灭六国的战争中,每消灭一个国家,他都要让人把这个国家的宫廷建筑画下来，然后在咸阳附近渭水北面的坡地上仿造出来，这样下来，这里就集中了六国的建筑，里面住满了从六国掠来的美女。国家统一后，他更是大兴土木，在渭水南岸为自己营建了咸阳宫。它的建筑布局是按天上的星宿排列的，正中的宫殿正对着天上的北极星，皇帝居住的禁宫叫紫宫，象征紫宫星座，它是中国神话中天帝的居所；同时引渭河水从宫殿中穿过，水上架起一座虹桥。

秦咸阳宫一号宫殿遗址。1974—1975 年发掘，东西长 60 米，南北宽 45 米，清理出多处厅堂、卧室及浴池、窖穴遗迹，并发现了装饰壁画、取暖壁炉以及排水设施等。据专家复原，这是一组东西对称、台榭复合的高台宫观，由跨越式的飞阁连为一体，在殿上的大厅和露台可以俯瞰全城并远眺南山渭水。

后来，嬴政嫌咸阳宫太小了，于是又在西安西郊的三桥镇一带建

秦咸阳宫一号宫殿复原模型

造了阿房宫。这座阿房宫到底是什么模样，由于它被项羽一把火烧成一堆瓦砾，我们已无从得知，好在唐人杜牧为我们留下了一篇《阿房宫赋》，把我们的想像空间提升到了一个无穷大的境界。

阿房宫图。清人无名氏绘，此图根据唐人杜牧《阿房宫赋》的描述想像绘制而成。

青铜建筑构件。阿房宫遗址出土，方形构件长 19 厘米，宽 17 厘米，高 14 厘米，可能是门砧；圆形构件高 9.3 厘米，直径 11.4 厘米，属于某类套合件。

除了地上的天堂，嬴政还为自己营造着豪华的地下天堂。这是本书的主要内容，下文有详细的记述。

在以上的工程外，秦始皇还北筑长城、南凿灵渠。有人作过这样的推算，秦朝时代，朝廷能掌控的人口约有2000万，但每年被政府征调的起码不下于300万之众，再加上其他直接和间接的各种沉重的赋税，嬴政刻在石头上的“黔首是富”几个字，早已成为仅供人们欣赏的书法作品了。千百年来流传至今的孟姜女哭长城的故事，虽然是虚构的民间传说，但却深刻反映了当时严峻的社会现实和秦王朝所面临的统治危机。

公元前213年，嬴政在咸阳宫举办了一次盛大的酒宴，应邀出席的佳宾除了朝廷的文武大臣，还有70个当时最博学的博士。席间，仆射周青臣媚骨的歌功颂德，让一位叫淳于越的博士坐不住了，这个书呆子马上站起来，对嬴政实行的郡县制评头论足了一番，认为“事不师古而能长久者，非所闻也”，主张仿照三代实行分封制。李斯站起来，对淳于越大加抨击，最后竟然向始皇帝建议：史官藏书，除了秦国的史记，其他的一律烧掉；除了博士官，凡是家藏《尚书》、《诗经》及诸子百家著作的，三天内一律缴纳官府烧毁，只准保留医、卜、农诸家的书；私藏禁书者，一律送去修筑长城；聚而私论《诗》、《书》及诸子百家言者，一律处斩。李斯的建议深对嬴

政的味口，马上下令施行。结果，我国古代无数珍贵的文献典籍，被一把无情的大火焚为灰烬。

里耶秦简。2002 年，考古工作者在湖南省龙山县里耶古城的一口古井中，再次发现数以万计的秦代竹简，初步统计有十余万字，一时轰动全国，并成为当年全国十大考古新发现。湘西里耶秦简数量远远超过目前国内所出秦简的总和，而且内容丰富，涉及政治、军事、民族、经济、法律、文化、职官、行政设置、邮传、地理等诸多领域，极大地丰富了人们对秦王朝有关制度的了解和认识，对秦文化的研究具有不可估量的意义。

晚年的嬴政痴迷于不死仙药，除前面谈到的方士徐福外，他又找来方士卢生、侯生等去求仙药。卢生等惧怕求药不成反丧性命，便到处散布对秦始皇不好的流言，然后跑得无影无踪。嬴政大怒：“我先前收缴焚烧了天下无用的书籍，又千方百计召来许多儒生和方士来辅助我。我对卢生等人历来赏赐甚厚，想不到他们竟到处妖言惑众。我查过了，在咸阳，也有一些儒生在造谣中伤我，真是岂有此理！”于是，嬴政下令，把咸阳的儒生都抓起来，一个个地严刑拷问。那些可怜的书生们，吃不住酷吏的折磨，只好相互揭发。最后，有460个儒生被活活坑杀在咸阳城郊。

秦始皇焚书坑儒。此图取自明刊本《帝鉴图说》。

以上便是历史上著名的“焚书坑儒”事件。它是秦始皇为统一思想、建立文化专制主义、实行愚民统治的典型实例。在客观上，它造成了对我国古代文化极大的摧残和破坏，数千年来，遭到有识之士的广泛批评。

由于秦始皇的暴政统治，秦国的百姓都盼望着他快死，于是，谋杀的事件就时有发生。公元前216年的一天深夜，嬴政在几个卫士的簇拥下来到郊外，不意遭到一伙土匪的袭击。脱险以后，惊魂未定的嬴政下令在整个关中地区实行大搜捕，闹得鸡犬不宁。

这样的谋杀事件层出不穷。后来成为汉王刘邦军师的张良，当年还是一个血气方刚的小伙子，他用全部的家产为代价雇佣了一个杀手，在河南境内的博浪沙设伏，用120斤重的铁锥突袭了东巡至此的嬴政。由于随从的车辆过多，难以辨认，铁锥误中副车，才让嬴政拣回一条命。事后，嬴政下令搜捕十余日，却未能抓捕到刺客，这才怏怏不乐地败兴而返。这次行刺虽然失败，却给嬴政带来不小的精神压力。

公元前211年一个晴朗的下午，天上突然发出一声巨响，一块陨石从天而降，落在了秦国的东郡地面上。人们找到它时，竟意外地发现在上面刻有“始皇帝死而地分”几个字，那意思是说，秦始皇就要死了，天下也要分裂了。显然这是某个不满嬴秦暴政的六国遗民刻写上去的。嬴政一怒之下，居然下令杀光了在陨石降落地周围的居民。据说，在这一年秋天又出了一件怪事。一个外出的使者回来报告，说在归来的途中，他遇到一个奇人，告诉他说：“今年龙祖死”。使者想细问究竟，结果那人留下一块玉璧，就化为一缕轻烟而去。嬴政闻言，默默地沉思良久，抬起头来说：“它是山鬼呀，能预知一年内将要发生的事。"再细看那块玉璧，竟然是当年在湘水祠渡江时掉落水中的那一块。嬴政心中非常恐慌，忙找来方士卜问，得到的结果是"游徙吉！"于是，公元前210年，嬴政带着他的车队，开始了他这一生中的第5次巡游。

这次出游，嬴政带上了自己的小儿子胡亥，还带上了丞相李斯和中车府令赵高。然而让嬴政没有想到的是，正是这一个特殊的组合，让他穷其一生建立的霸业，像潮汐面前的沙雕一样顷刻之间崩于无形。

公元前210年(秦始皇三十七年)，嬴政巡游到今山东省平原县境，终于病倒了。这位失去理智的小老头脾气暴怒，不许任何人在他面前提一个"死"字，直到他自己也觉得活不成了，这才发诏召回皇子扶苏赶回咸阳准备后事。

但这份决定秦国命运的遗诏却被赵高秘密扣押。

那位后来以"指鹿为马"闻名于世的宦官，是始皇帝小儿子胡亥的老师，素与公子扶苏不睦，怕万一公子扶苏继位于己不利。而现在的形势对赵高是有利的，公子扶苏正在北方蒙恬将军那里任监军督修长城，胡亥却在始皇帝身边，这样赵高只需扣住诏书，待始皇帝一死，就可以伪造一份遗诏，皇帝的玉玺就在他赵高手里保管着，这样的事做来也轻而易举。

七月，巡行队伍来到沙丘平台(今河北省巨鹿一带)，千古一帝的秦始皇嬴政终于撒手人寰了，年仅50岁。

秦始皇之死。秦始皇病死沙丘，赵高与李斯、胡亥勾结，矫诏杀公子扶苏，让胡亥篡立，是为秦二世。此图选自元刊本《秦并六国平话》。

赵高与丞相李斯商议，诈称如果公布消息，会引来京城皇子们的反叛，天下也可能有人会借机造反，于是决定秘不发丧。

这时，嬴政的尸体仍然被安置在他的座车里，车门紧闭，窗帷也遮掩得严严实实。每天，几名亲近的宦官依然递食递水，随从的文武百官全被蒙在鼓里。七月虽已是初秋的季节，但秋老虎依然肆虐无忌，天上娇阳似火，嬴政的尸体开始腐烂发臭。为掩人耳目，赵高诈称皇上有令，让每一辆车内都装上一筐鲍鱼，整个车队弥漫在一片鲍鱼的腥臭味中。

阴谋很快就在这臭气熏天的空气中开始了。赵高、李斯和胡亥一起密谋，共同伪造了一份秦始皇遗诏：立胡亥为太子，继承大统，即历史上的秦二世；而公子扶苏和将军蒙恬获罪，着即赐死。

功高无限而又暴虐无度的秦始皇去了，他的遗体被放进了那座自他即位起就开始营建的神秘莫测的皇家陵园里。不可一世的天下第一君主，终于化归于尘土。可是，秦始皇的故事并没有结束，虽然他构筑的那个庞大帝国，就在他死去仅仅3年以后，就在两个戍卒的登高一呼中灰飞烟灭，可他留下的那座庞大园陵，却在两千多年以后，再次让世界的心跳加快了速度！

3.骊山兀兮云飞扬

公元前210年九月的一天，已经腐臭的秦始皇嬴政的遗体，被隆重地送进了属于他的地宫世界。那一天，辽阔的关中大地秋意深浓，西风卷起一阵阵落叶盘旋飞舞，整个咸阳城都笼罩在一片被刻意制造出来的悲伤的气氛中。

骊山峨峨，渭水汤汤，在为秦始皇送葬的庞大的队伍后面，一群花姿招展的青年女子被押解上来，她们有的失声哭号，有的目光呆滞，被如狼似虎的兵士们驱赶着，一步步走向陵场。她们都是养在后宫的那些尚未生育的嫔妃，今后，她们将永远陪伴在那具发臭的尸体身旁，陪伴在一片永恒的黑暗中。

在地宫的下面，那些满身伤痕的筑墓者，砌好了最后一块石头，伸直腰来长长舒一口气。这漫长的苦役终于结束了，从明天起，他们可以头顶青天，好好享受一下秋日的阳光。但就在这一瞬间，猛听得轰的一声巨响，他们眼前那一线微弱的阳光消失了，地宫的大门被永远地封堵起来。地宫中的秘密，也将随同他们一起，被永远地封堵在那片寂灭中。

厚厚的黄土冢封埋了通往地宫的路径，也封埋了始皇大帝的千年梦想。人们在山陵上遍植林木，任野云飞渡，日月穿梭，岁岁枯荣……

秦始皇帝陵。位于陕西省西安市临潼区，前临渭水，背靠骊山，地势高畅，风景秀丽，它是我国古代帝王陵墓中规模最大、保存最好的一座。

按照古代的陵寝制度，帝王在即位后不久，就会开始营造自己的陵墓。秦始皇虽然四处求仙访药，期盼长生不老，但在为自己建陵的问题上，却也丝毫不敢怠慢。

公元前246年，秦王政登基后，就开始了陵墓的规划设计，地点选在依山傍水的骊山北麓。这里处在骊山山地与渭河南岸的台地上，环山抱水，地势开阔，前依渭水，背靠骊山，山北藏金，山南产玉，风光绮旎，物产丰饶，正是符合古代堪舆学所说的风水宝地。

陵墓修造工程大致分为四个时期完成。

第一时期：从陵址选择到秦王政九年(公元前247年—前238年)。这段时间由相国吕不韦具体负责。13岁的秦始皇继承王位时，吕不韦事实上成为秦国的实际执政者，而始皇陵园工程正是从这时开始的。可以说从陵园位置的选点到陵园的整体规划，从调配人力、物力到陵园的施工，作为陵园工程的第一位主持者，吕不韦无疑起了关键作用。在他任相国的9年时间内，为整个陵园工程的营建打下了基础。

第二时期：从吕不韦罢相到秦始皇统一中国(公元前237年—前221年)。这段时间，秦陵工程由谁来负责，史书上并无记载，可是据当时由相国主持陵墓工程的制度看，可以推测这一时期是由相国昌平君、隗林、王绾来主持陵园工程的。

第三时期：秦始皇统一中国至二世继位(公元前221年

—前 210 年)。这时的主持者应该是李斯。李斯是继隗林之后升任丞相的，那时陵园工程正处于大规模营造时期。《汉旧仪》说，秦始皇“使丞相李斯将天下刑人隶徒七十二万人作陵”。可见李斯是修建陵墓的主要主持人。在整个陵园工程的大规模修建和扩建方面，李斯起了重要作用。

龙纹空心砖。秦咸阳宫一号殿址出土，长 100 厘米、宽 38 厘米、厚 16.5 厘米，主体图案为两条翻卷的龙纹，中部饰璧纹。空心砖盛行于战国至汉代，是建筑宫室、衙署和墓葬的重要材料。

第四时期：二世继位至工程停工(公元前 210 年—前 208 年)。秦始皇死后，秦始皇陵工程并没有彻底完工。此时，二世继位，内政混乱，李斯被赵高迫害致死，修陵工程当然也就换了他人。据《史记》记载，陈胜起义军进兵至戏水。面临大军压境、威逼咸阳之势，秦二世这位长于深宫、未经风雨的新皇帝惊惶失措，情急之下召来群臣商讨对策。他一副丧魂落魄的样子，向群臣发出了“为之奈何”的哀求。一阵沉寂后，少府令章邯建议：“盗已至，众强，今发兵近县不及矣，骊山徒多，请赦之，授兵以击之。”惊魂未定的二世皇帝当即迎合，决定修陵刑徒被赦编为军队，由章邯率领直接回击周文起义军。至此，尚未完全竣工的陵园工程不得不被迫中止。

陵墓的修造，前后费时近40年，征调役徒最多时达72万，总用工数当以亿计。为方便陵园的工程服务，及陵园建成后用以奉侍祭享，秦始皇还专门为它设置了一级行政机构——丽邑。传说在骊山脚下，还有一个专门用于指挥上下工的击鼓坪。

骊山陵规模宏大，陵园内建筑鳞次栉比，蔚为壮观，应该是模仿秦始皇生前的奢靡生活而修建的。据专家估计，仅土方工程一项就费工一亿七千余万人次，再加上从北山采办石料，荆楚巴蜀运输木材，地上地下土木建筑，烧造砖瓦，制作陪葬品等，所费工量，相当于秦王朝全国劳力平均要为修陵服役120多天。如果考虑到秦统一后短短十余年时间里，还北筑长城、南开灵渠、修秦驰道、建阿房宫，秦朝百姓徭役之重就可想而知了。

陶量。山东邹县出土，秦代标准量具，高9.4厘米，直径20.4厘米，容量约合今20升，器身刻有秦始皇统一度量衡的诏书。秦朝量具的质地有陶、铜、木质，形制规范，各地出土数量较多，客观反映了统一度量衡制度在全国推行的史实。

秦始皇陵的规模，在中国古代帝王陵墓中无疑是空前绝后的。由于建陵工程属皇室秘事，知情者多不得善终，所以文献记述的并不详细，但仅从现存凤毛麟角的记录中也可一窥其盛。

首先来看陵上的封土

堆。据《汉书·楚元王传》记载，始皇陵上的封土堆呈三级阶梯状，就像一个覆斗，底部近似方形，“高五十余丈（约 115 米），周回五里余”，由于造陵大量取土，在皇陵北 5 里左右的鱼池村附近，形成了一处约 100 万平方米的低洼之地，长久以来，积水成池，后世谓之鱼池。

巨大的封土岭是用一层层黄土夯筑而成的，经过两千多年风风雨雨的侵蚀，夯土依然细腻结实，可见当年工程劳作的精细。有一种说法认为，秦始皇正好活了 50 岁，因此陵园封土就修筑了五十丈高，即现在的 115 米，可事实真是如此吗？

明代学者都穆，写了一本名叫《骊山记》的书，忠实地记录了陵园内外城、门址的具体尺寸。但是他所记载的封土高度，折算过来只有 14 余米；1906 年，日本学者足立喜六来到秦始皇陵，经过实地测量后认为，封土高度应为 76 米；1917 年，一位叫维克多·萨加伦的法国学者，测得的封土高度约为 46 米。

那么，始皇陵封土堆的高度究竟是多少？袁仲一先生是参加过兵马俑发掘的专家之一，多年来一直参与秦始皇陵的考察研究工作。他认为，秦始皇陵整个地形像一条鱼脊，从不同角度测量就会得出截然不同的数值。

关于封土堆的造形，也有一些有趣的解释。有人说，它

埃及萨卡拉高地上的乔赛尔“梯形金字塔”

是沿袭了殷代的享堂墓；有的说是模拟自然界的高山；有位西方学者提出了一个更让人惊异的观点，他认为秦始皇陵根本就是一座东方的金字塔。

提出这一观点的是法国考古学家萨加伦。他认为，这座陵墓高150英尺，底座呈四边形，每边长100英尺，外形分为三层，一层叠着一层。而历史上也说，“上象三山，下锢三泉”，那么始皇陵不是很像埃及萨卡拉高地上的乔赛尔“梯形金字塔”么？尤其巧合的是，埃及金字塔的每一面都正对着东南西北四方，而始皇陵也正如此。金字塔内部有水银，始皇陵内也有水银。

正是基于这种种相似性，有学者提出了金字塔东移说。但大多数学者对此表示异议，认为中国文化自成一格。不过换个角度来想，倘若始皇陵果真是“金字塔”，是不是显示出，在2000多年前，东西方文化就已有了密切的接触，这不是一件更令人惊奇的事吗？

巨大的封土岭充分显示了千古一帝的尊威，但这并不是它唯一的目的。巨大的封土岭还有另一个更重要的作用，就是保护下面的地宫。

始皇陵的墓室被称为地宫，它安放着秦始皇的灵柩和种种随葬的奇珍。但是地宫到底有多深，直到今天也是一个谜。在文献中，只是含含糊糊地提到“穿三泉”、“已深至极”，这都是一些模糊的概念。不久前，秦始皇陵考古队在封土南部向下约十六七米处，发现了一层厚厚的石板层，最厚处竟有三四米，这是文献资料中从来没有提到过的。这厚石层会不会是地宫的顶盖？考古队准备在封土岭上进行有针对性的探测。

其实，自1962年以来，对秦始皇陵的考古勘察工作就一直在进行，由于主要采用从地下取土样来进行分析，需要花费大量精力，因此要进一步查明封土之下的情况还需要相当长的时间。

地宫的结构及其秘藏，是始皇陵最大的一个谜团。司马迁在《史记》里，已经对始皇陵作了简略而笼统的记载，因为这段记载是我们解开秦始皇陵地宫之谜的钥匙，非常重要，所以我们把它原文抄录于下：

始皇初即位，穿治郦山，及并天下，天下徒送诣七十余万人。穿三泉，下铜而致椁，宫观百官、奇器珍怪徙臧满之。

令匠作机弩矢，有所穿近者辄射之。以水银为百川江河大海，机相灌输，上具天文，下具地理。以人鱼膏为烛，度不灭者久之。二世曰："先帝后宫非有子者，出焉不宜。"皆令从死，死者甚众。葬既已下，或言工匠为机，臧重即泄。大事毕，已臧闭中羡，下外羡门，尽闭工匠臧者，无复出者。树草木以象山。

虽然学术界对这条文献的具体内容还存在不同的理解和争议，但对其大意还是有共识的。那就是说：秦始皇即位后就开始兴建骊山陵，兼并天下后，征发70余万人来修筑陵园。地宫挖得很深，穿透了多层（有人说就是三层）地下水，并灌注铜水来填堵棺椁的缝隙，地宫内随葬有各类珍奇和罕见的宝物。内部还设置了能工巧匠制作的能自动发射的机弩，以防外人擅自闯入。墓室顶部描绘着天文图像，地面模拟山川河流九州的地貌，以水银浇灌成江河大海，用人鱼膏作长明灯，照亮了整个地宫，经久不熄。始皇入葬后，残忍的秦二世胡亥将后宫无子女的妃嫔尽数从葬，为防止地宫内珍藏情况外泄，又下令关闭墓中神道之门，将了解地宫结构的工匠全部活埋。

那么地宫的情况到底是怎样的呢？在始皇陵发掘以前，我们只能通过科学来推断。

用电脑绘制的秦陵地宫想像图

袁仲一先生认为，地宫的结构，不能脱离当时的时代特征，它应该同春秋战国及秦汉时期的大型墓室结构相似，即应为多层台阶或近似方形的土圹墓形；而秦汉考古专家王学理先生得出了更具体的数据，认为墓室由巨型竖井式圹穴构成，犹如一个倒置的“四棱台体”。

欧洲核子研究中心的科学家们则推测：地宫形状为拱形，直径约50米，地宫中有四条直径为25米的青铜环状物，总重量超过万吨。这些大胆的欧洲人还提出了一个让人难以置信的数字，他们推断地宫的深度在500米到1500米之间。对这个数据，大多数中国学者都很难接受。孙嘉春先生是陕西区域地质矿产研究院的高级工程师，他发现，秦代墓

圹中墓道的坡度约为10度左右，经计算，得出秦陵墓道长度约为200米，这样地宫的深度就应是43.73米。最近，秦陵考古队又有了新发现，他们找到了地宫防水大坝，并由此推断出，地宫深度将低于30米，否则地下水将从高处渗入地宫。

对于司马迁的描述，唯一可以验证的，就是关于水银的记载。研究人员对始皇陵园进行了汞含量测试，结果发现，在封土中心1.2万平方米的范围内，有一个强汞异常区。我们知道，封土中的汞异常，是由于地宫大量存在的水银挥发造成的，其分布呈有规律的几何形。王学理先生甚至推断出，如果秦始皇陵地宫中以水银为百川、大海，估计至少要使用100吨以上的水银。在我国古代，炼丹家早已掌握了将硫化汞分解而得到水银的方法。

秦始皇以水银为江河大海的目的，不单是为了营造恢宏的自然景观，在地宫中弥漫的汞气体还可使入葬的尸体和随葬品保持长鲜不腐。汞是剧毒物质，大量吸入可以导致生命死亡，因此地宫中的水银还可毒杀盗墓者。

可是，这些数量巨大的汞矿是从哪里来的呢？据考证，四川东南一带是春秋战国时期汞矿的主要产地。当时川东南一带的汞矿，跨长江，溯嘉陵江而上，走巴山，过汉水，经过千里栈道运到关中，其艰辛可想而知。

秦半两及钱范。秦代货币，直径3.0—3.6厘米，币面有“半两”二字铭文，史称“重如其文”，折合今约8克。秦统一后，立即废止东方六国各自铸造的布币、刀币等，以秦国圆形方孔的“半两”钱作为全国法定货币，规范了全国的流通领域，对社会经济的发展具有重要意义。

2002年3月19日上午10时30分，中煤航测遥感局在中飞通用航空公司租用了一架运-12飞机，从西安阎良机场起飞，向20公里外的秦始皇陵区上空飞去。在机身下，安装了一台相当于“相机镜头”的成像光谱仪，这个“镜头”在空中对陵区地面散发的光谱逐行扫描，这些数据最终将构成合成图像。这次国内首次高光谱遥感探测，取得了异常丰硕的成果：在高光谱合成图像上，可以看出封土堆下西墓道的存在；

可以确认阻排水渠在封土堆东侧和南侧的控制范围，如今它的阻水作用依然存在；通过对比，封土堆上出现的高热异常分布区与物探所得高磁异常矩形分布区一致，说明了地宫的存在和范围。

刘士毅是中国地质调查局的物探专家，此时承担着国家863计划地球物理综合探测考古秦始皇陵的课题项目。在“秦始皇陵考古遥感探测技术”863计划立项论证会上，刘士毅阐述了自己的观点：遥感只能探测表面，达不到揭示秦陵地宫内部秘密的最终目的；而物理探测却能深入地下几百米。这个建议被科技部采纳。2002年11月13日，补充增加的《考古遥感和地球物理综合探测技术》子课题正式启动。专家们使用的具体方法有：地面弹性波法、磁法、地质雷达法、高密度电法、重力法和测汞法等。对于充满神秘色彩的秦陵地宫，专家们将利用三维推断技术判定其存在依据(即参数依据)，确定地宫的边界、形状、结构、埋藏深度、是否坍塌等信息，并将证

秦公镈。陕西宝鸡太公庙青铜器窖藏出土。制作极为精美，镂雕的钟钮和扉棱由盘曲的龙凤勾旋而成，器身中部饰夔纹，上下各一周蝉纹，底部刻长篇铭文，是秦武公为祭祀先祖而专门铸造的乐器。

实《史记》中记载的“穿三泉”、“以水银为百川江河大海”等说法。这次勘测，是秦始皇陵考古探测中资金投入最多、技术水平最高的项目。

2003年，在北京召开的科技部“863”计划项目《考古遥感和地球物理综合探测技术》成果验收会上，秦始皇陵考古队队长段清波宣布：通过最新遥感考古和物探勘查表明，中国第一个帝王陵园的布局之谜已经解开。

据段清波介绍，规模宏大的地宫位于封土堆顶台及其周围以下，距离地平面35米深，东西长170米，南北宽145米，主体和墓室均呈矩形状。墓室位于地宫中央，高15米，大小相当于一个标准足球场。

中煤航测遥感局遥感应用研究院环境研究所的工程师周小虎，还给现场的记者讲了一个有趣的现象：该年元月初，秦始皇陵区气温降至零下12摄氏度，封土堆上的石榴树正常开花结果，而在封土堆南墙外的石榴树却冻害严重，不能正常开花结果，差别特别明显。“墙外的土壤未经扰动，而封土堆土壤的结构和含水量则已发生改变，又因为墙内地下存有地宫，才使得土壤相对温度较高，从而造成植物长势的差异。”周小虎解释说。

在这次勘探中，研究人员还发现在封土堆下墓室的周围，存在着一圈很厚的细夯土墙，即所谓的宫墙。宫墙东西

长约168米，南北141米，南墙宽16米，北墙宽22米。段清波说，宫墙都是用多层细土夯实而成，每层大约有5—6厘米厚，相当精致和坚固。根据探测，发现墓室内没有进水，而且整个墓室也没有坍塌。“关中地区历史上曾遭受过8级以上的大地震，而秦始皇陵墓室却完好无损，这与宫墙的坚固程度密切相关！”

茧形壶。生活用器，泥质灰陶，表面装饰有间隔的绳纹。这种形制独特的陶壶，是典型的秦文化器物，曾广泛发现于各地的秦人墓葬中。

除了宫墙，研究人员发现在秦陵周围地下存在规模巨大的阻排水渠。对此，段清波风趣地说：“秦人太聪明了，正在修建的北京国家大剧院，也不过是按照这套办法来解决水浸问题的。”

这次勘探还发现，墓室只有东西两条墓道。以前曾有媒体报道称，考古人员用钻探方法在封土东边发现了5条墓道，封土西边北边也各找到1条。对此，段清波澄清道，根据这次探测结果，除了东、西各一条墓道外，其余则是一些陪葬坑。

通过这次勘探，应该说揭开了四大谜底：

其一，地宫在不在骊山之谜？民间传说秦陵地宫在骊山，专家用遥感和物探方法进行探测证实了这一说法，确认地宫就在秦陵园封土堆下，距地平面35米深。

其二，墓室是否完好之谜？探测发现，墓室周围有一圈极厚的宫墙，墓室完好无损与此密切相关。这种新发现的墓葬形式被称为“秦陵式”。

其三，地宫有无水银之谜？探测证明，地宫内的确存在水银，且东南、西南强，东北、西北弱，如果以水银的分布代表江海的话，这正好与我国渤海、黄海的分布位置相符。秦始皇曾亲自到过渤海湾，所以他很可能把渤海勾画进自己的地宫。

其四，有几条墓道之谜？探测结果表明，只有东、西各一条墓道。而从商周到汉代，帝王墓道通常为东南西北4条。这一新发现引起专家极大关注。

然而，秦始皇陵的探测工作远远没有结束，甚至才仅仅是个开始。此次探测只是一期工程，还有二期工程，将对陵墓进行更深入的研究。同时，也有一些专家对于这种探测方法持保留态度，如文物保护专家刘云辉先生就说：“遥感等技术虽已广泛应用于其他领域，但它只能检测出‘异常’情况，在缺少基本参数的情况下，仍然要靠传统的考古方法来开展工作。”

千百年来，围绕着始皇陵地宫，还引发了许许多多神奇的传说故事。《三辅故事》记载，楚霸王项羽入关时，曾动用了 30 万人去盗掘始皇陵。在挖掘过程中，突然人们眼前金光一闪，只见一只金雁从墓中飞出。这只金雁在人们讶异的目光中一直朝南飞去，飞得无影无踪。斗转星移，不觉又过去了几百年，三国时期，有人把一只金雁送给了一名叫张善的官吏，这位张善博古通今，他立即从金雁上的文字判断出，此物出自始皇陵……

银盘。出土于山东淄博西汉齐王墓的陪葬坑中，高 5.5 厘米，口径 37 厘米，盘体通饰相互勾连的鎏金夔龙纹图案，精巧别致。盘身上有与秦咸阳宫有关的铭文。此盘本应为秦咸阳宫专用器皿，西汉建立后，因某种原因赏赐给分封在临淄的齐王，故得以在山东齐王墓陪葬坑中面世。

而关于秦陵地宫位置，历来也是众说纷纭。《汉旧仪》中有一段关于始皇陵地宫的介绍：公元前 210 年，丞相李斯向秦始皇报告，称其带了 72 万人修筑骊山陵墓，已经挖得很深了，好像到了地底一样。秦始皇听后，下令“再旁行三百丈乃至”。这个“旁行三百丈”一说，让始皇陵地宫的位置更加扑朔迷离；民间也曾传说，始皇陵地宫修在骊山里，骊山和始皇陵之间还有一条地下通道相连。每到阴雨天时，地下通道里就有“阴兵”通过，人欢马叫，热闹非凡。据悉，考古学家曾根据这个传说做过很多考察，却一直找不到这个传说中的地下通道。

这类神奇的传说，更是给始皇陵蒙上了一层神秘的色彩。

与地下迷宫相辅相成的，是恢宏的地面建筑群和大量功能各异的陪葬坑，这是我们下一节中的内容。在陵园建设尚未最后完工的时候，秦末农民起义的烽火已经烧到了这里。史称“骊山之作未成，而周章百万之师至其下矣”，秦二世迫于形势，停止了骊山工程，大赦天下，紧急征发修陵的数十万

阿房宫遗址。位于陕西长安县小苏村附近，是秦代宫室建筑的典型代表。唐人杜牧脍炙人口的《阿房宫赋》，更是家喻户晓的文学名著，其宏伟的气势、奢华的装饰，以及“楚人一炬，可怜焦土”的结局，早已深深印在世人心目中。最近，考古工作者通过勘探和小面积试掘初步确认，阿房宫根本就没有建成，西楚霸王纵火之说也无从谈起。但此论一出，顿时在舆论界和学术界引起广泛的关注和争论。最终结果到底如何，还有待以后考古工作的进展。

役徒抵抗义军。

公元前 207 年，西楚霸王项羽兵入咸阳，“楚人一炬，可怜焦土”，虽然讲的是阿房宫，但紧傍阿房宫的始皇陵当然也在这“一炬”之中。气势恢宏的秦始皇陵园从此变成一片废墟，无声无息地湮没在山川田野之下，只有残存在骊山渭水之间的那座高耸的封土堆，似乎在向人们昭示着昔日的尊严。

二、群星璀璨捧北辰

历史文献这样描述道：始皇帝在这座巨大的陵墓之上建立了一座城池，它有高达十数丈的围城，可供万人上朝所用的宫殿。这座城池远接咸阳城，近靠阿房宫，是一组规模罕见的地面建筑群。

秦都咸阳宫室分布示意图

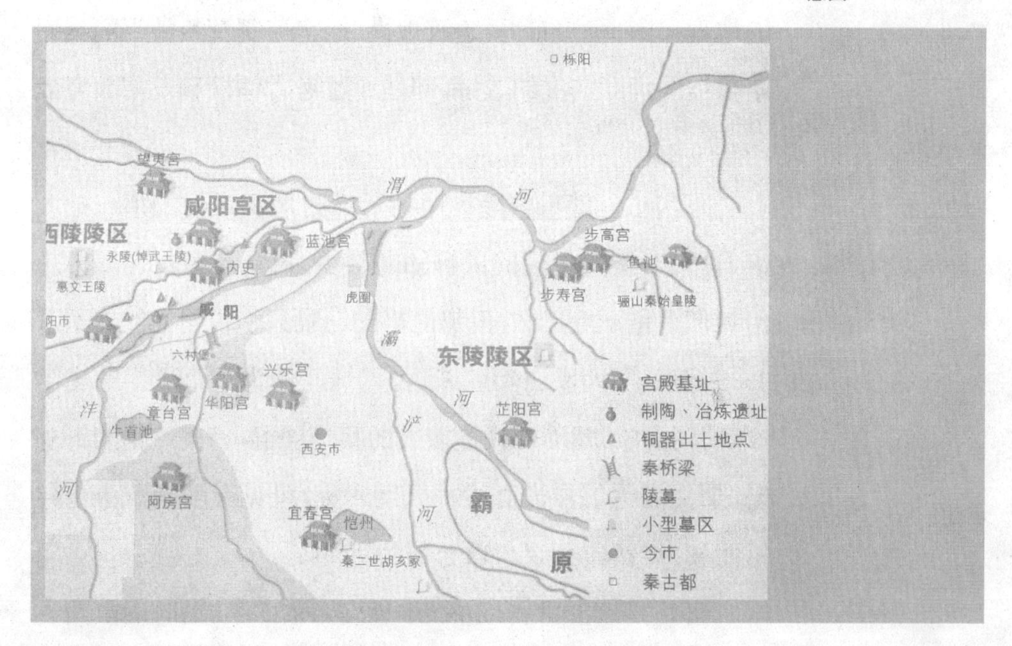

但是，这座传说中的宏伟建筑，却因战火的绵延而未能最终保存下来。

关于秦陵的浩劫，流传着这样的传说：项羽引兵入关中后，曾一把大火烧毁了阿房宫与秦陵。项羽挖掘了秦始皇的陵墓，搬运财物的拖车整整用了三个月的时间才走出咸阳。

中国似乎有这样的传统，当新兴的统治者取代旧的统治者时，总是喜欢用火把过去的一切烧得干干净净，然后再劳民伤财地修建比以前更宏伟的建筑。

由于文献记载的极度匮乏，今天，我们对于秦始皇陵区的地理范围、陵园布局、建筑规模、地宫形制及各种不同类型陪葬坑的埋藏情况的了解，都是通过考古钻探和发掘来完成的。

事实上，随着修陵役卒被活活封埋和项羽的那一把大火，古人对秦始皇陵的了解知之甚少。司马迁虽然也竭力想给我们多留下点什么，但那简略的记录只能说明他的力不从心。按理说，西汉去秦朝未远，司马迁作为一个严谨的史学家，博闻多学，然而那规模宏大的兵马俑群、精美绝伦的铜车马，居然在他的洋洋著述中只字未提，可见秦陵埋藏事迹异常隐秘，详情刚到汉代就已鲜为人知了。

秦始皇陵的考古勘察工作始于 1962 年，当时的陕西省文物管理委员会组织了王玉清、雒忠如和彭子健三位先生，对封土的尺寸进行了测量，对陵园的城墙和城门进行了考察，测绘出第一张陵园平面图，并采集了大量砖瓦及建筑构件。应该说这是我国学者首次对秦始皇陵进行现代意义上的考古学探索。

1974年，以秦始皇兵马俑的出土为契机，国家正式成立了秦始皇帝陵考古队，首任队长为袁仲一先生，主要队员有屈鸿均、崔汉林、赵康民、杭德州、程学华、王玉清、杜葆仁等人。当时没有人会想到，他们所从事的是人类历史上最重大的考古发现之一，原来设想几年就可以完成的工作，竟然耗尽了整整一代人的心血。

他们的心血没有白费，令人欣喜的成果远远超出了预期的设想。

继兵马俑一、二、三号坑横空出世后，在陵区范围内相继发现了马厩坑、珍禽异兽坑、铜车马坑等从葬坑，同时出土的还有大量陪葬墓。在对陵园内的建筑基址进行勘探发掘时，便殿、园寺吏舍、食官遗址及地宫宫墙、门阙等建筑遗迹相继面世，极大地丰富了对秦始皇陵园规划和布局的认识。

1979年，秦始皇兵马俑遗址博物馆建成并对外开放；1987年，秦始皇陵暨兵马俑入选我国第一批联合国世界文化遗产清单名录。秦始皇陵声名鹊起，饮誉全球。

秦俑头顶形式多样、造型独特的发髻

20世纪90年代以来，新组建的秦陵考古队接过了老一辈考古学家传下来的接力棒。这是一群由现代科学知识武装起来的年青人，他们利用各种新型的科技手段，继续探寻着湮没地底的千古之谜。近年来，妙趣横生的百戏俑、惟妙惟肖的青铜禽鸟等相继面世，再度激发了世人对秦始皇陵的兴趣，在世界范围内，掀起了新一波的秦始皇帝陵热。

2500多年前，中国的大思想家孔子说过一句很有名的话："为政以德，譬如北辰，居其所而众星共(拱)之。"在这里，孔子讲的是治理国家的道理。然而，我们把这句话用于始皇陵的平面布局，却是再贴切不过了。

从空中遥看始皇陵，就是一座众星捧月的大星图。

1.再现帝都辉煌

经过考古工作者40余年的不懈努力，尘封在秦始皇陵上空的重重迷雾正在被一层层地揭开，陵园的总体布局和建筑基址也日渐清晰。

应该说，秦始皇陵园的设计思想，主要是以如下三点构成的：一是事死如事生的理念；二是国君的陵园"若都邑"的设计理念；三是皇权至高的理念。

这三条理念是密不可分的。秦始皇统一六国后，登上皇帝的宝座，自以为功盖三皇，德逾五帝，成为千古之至尊。因而反映在陵园的建制上，一切设施模拟生前，并追求至大、至多、至真、至尊，显示一种前无古人、后无来者的至高无上的权力和威严。

按照古人“事死如事生，事亡如事存”的观念，秦始皇陵的蓝图应该是模拟始皇帝生前的实景构筑而成的。从宏观上来看，陵园的建筑形式，是以秦都咸阳城为范本来设计的。更具体地说，是将秦始皇生前使用的宫廷、衙署、军队乃至池塘园囿等，以“地下王国”的形式再现出来的，这是一座地下都城。

用一句话讲，秦始皇陵园的建筑布局为：一个中心、一条轴线、围绕中心的内、中、外三个不同层面。

一个中心，即始皇陵冢；一条轴线，即以陵墓的封土为中心向东、西伸展，通过内外城垣的东、西门阙、独立双阙、司马道等，构成一条东西向的中轴线，陵园的方向坐西面东；三个层面，即分内层、中层和外层。

内层为内城垣以内的区域。此区又分为南、北两区：南区为陵冢所在处，陵冢的四周分布着一些大型陪葬坑；北区又分为东、西两半，西半部为寝殿、便殿等地面建筑区，东半部为陪葬墓区。

中层为内、外城垣之间的外郭城区。此区又可分为东、西、南、北四小区。东区分布着一些大型和小型的陪葬坑；西区由南向北依次分布着一些陪葬坑、陪葬墓、园寺吏舍基址；北区发现大面积的附属建筑基址；南区尚未发现遗迹、遗物。

外层为外城垣以外的陵域，是一个方圆约为 50 平方公里的广大区域，一般被称为陵区。外城垣的东侧发现百余座小型马厩坑、17 座陪葬墓、一组兵马俑坑。外城的北侧发现有铜禽坑、府葬坑及鱼池建筑群基址。外城的西侧发现有石料加工场遗址、窑址及修陵人墓地等。外城南侧有防洪堤。

秦始皇陵园的建筑布局堪称是“一幅封建帝王理想的宫域图”。

陵园城垣为南北向长方形，分内外两重，呈“回”字

秦始皇陵园遗迹平面示意图

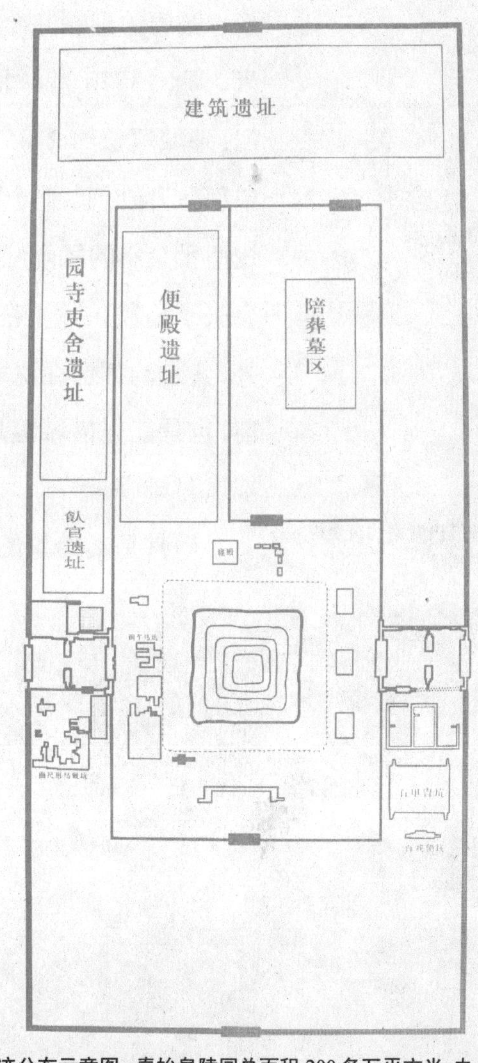

陵园遗迹分布示意图。秦始皇陵园总面积 200 多万平方米，由相互套合的内外城垣构成，封土和地宫位于内城中部偏南处，北面分布着便殿、寝殿、园寺吏舍、食官遗址以及内宫妃嫔从葬墓；封土东西两侧则密集分布着铜车马坑、曲尺形马厩坑、石甲胄坑、百戏俑坑及文官俑坑等。

形，城垣的形制完全模拟宫城。内城垣长1355米，宽580米，周长3870米。北面开有两洞城门，其余每边各设一城门；外城垣长约2185米，宽970多米，周长6320余米，四面中部各开一门。整个陵园的面积，大约有213万平方米。经过两千余年的风雨侵蚀和人为破坏，原本高大的墙体已完全丧失了原貌，除了在内城局部地面以上还能见到些许残留外，其余的都已经深埋于地下。今天，当我们伫立在它的面前，也只能凭借城垣那宽达七八米的墙基，来想像它昔日的威风与雄姿。

地宫是秦始皇的埋身之所，也是陵墓的最核心部位。它

陵园内城南门夯土建筑遗址

位于陵园内城的南部，由于受到传统钻探工具和技术的制约，地宫的深度一直是个谜。如今，国内学者作出了种种推测，其数据有26米、23—30米、33米、40—50米等不同见解，而华裔诺贝尔奖获得者丁肇中教授等三位学者，更是作出了惊人的大胆推测，他们认为，地宫深度应在500—1500米之间。近年来，由于把传统的考古勘探技术和高科技的物探手段相结合，专家们的认识有逐步统一的趋势，初步确认了地宫的深度，可能在距现在地表30余米的地方。

与此同时，在地宫周围还发现了边长为400多米的、用未经焙烧的砖坯砌筑的宫墙，从而确认了地宫的范围。令人难以置信的是，在地宫宫墙之外，又发现了一道长约一千米的“防水大坝”，坝底是厚约17米的、质地细密的青膏泥层，泥层之上夯筑起一座宽84米的黄土大坝，其规模之壮观，设计之精巧，都令人叹为观止。

在地宫的东西两侧，还各发现了一条墓道，这对我们判断秦始皇陵的朝向大有裨益。中国传统的建筑大多以坐北朝南为尊，秦始皇陵封土在陵园中的位置，似乎也向人们表明了其面向南方的中轴对称原则。然而，以袁仲一先生为代表的一批考古学专家，通过对秦国先公先王陵寝制度的细致分析，却断定秦始皇陵的朝向应该是面向东方。这两条东西向墓道的确认，无疑印证了袁仲一先生的预言。

陶水管。秦始皇陵园内出土，五角形，长68厘米，高32—47厘米，质地坚硬厚重，表面饰绳纹。五角形管道符合力学原理，抗压力强，且易于疏通，具有很强的实用性。它是秦代宫殿建筑先进的下水设施的典型物证。

在始皇陵封土的四边，分布着形制功能各不相同的16座陪葬坑，其中包括著名的铜车马坑。考虑到封土被破坏的情况，估计原先的这些陪葬坑，应该都覆盖在封土之下。

在封土北边略偏西的地方，有一处建筑遗迹，其平面近似方形，面积有3500多平方米。建筑的墙面敷泥并涂有白垩，周围有回廊环绕，从它的形制、规模及所处的位置来看，这里应该就是文献记载中用于死者灵魂“起居衣冠象生之备”的寝殿。

寝殿以北为陵园内城的北区，中间以隔墙区划，又分为东西两部分。东部区域经考古钻探确认，是一片陪葬墓地；西部区域是一组建筑基址，应是与寝殿相配套的便殿遗址，它的位置是在寝殿之侧，“以象休息闲晏之处也”。这组建筑规模宏伟，做工考究，以1995年新发现的4号建筑为例：这是一座坐南面北的廊院式四合院建筑，东西长28米，南北宽14米，四周设廊，廊内有青石壁柱，外有排水管道，夯土地面敷泥涂朱。历年来，在便殿遗址出土了大量的砖、瓦、瓦当、鸱尾、铺首等建筑构件，其中以一件夔纹大瓦当最为有名。

瓦当是中国古代建筑中用以遮挡保护木质椽头的构件，一般直径在10余厘米，而这件夔纹瓦当高48厘米，直径达61厘米，堪称是瓦当之“王”。

由此，也可以让我们对秦始皇陵寝建筑的恢宏气度产生无尽的联想。

在陵园西侧的内外城垣之间，还分布着一系列的建筑基址。从建筑形式及出土文物来看，这里应该是负责管理陵园日常事务的园寺吏舍所在地。这其中，性质最为明确的，是位于南部的食官遗址。1981年和1995年，秦陵考古队分别对这里进行了部分发掘。1981年发现了一组四合院式的建筑，坐东面西，廊前有散水，室内地面平整并经夯实，院落中还有水井。遗址内清理出大量文物的标本，除砖瓦、瓦当、础石、陶水管等建筑材料外，令考古学家欣喜不已的是，这里出土了一批饮食器皿，上面刻有“骊山食官”、“骊山食官左”、“骊山食官右”、“骊山五斗崔”、“骊邑八升中，八厨”等陶文。

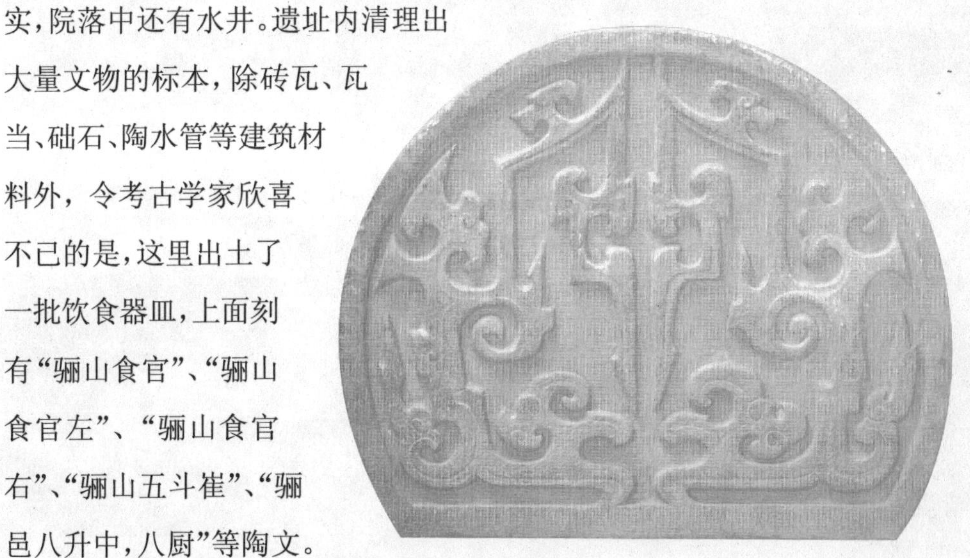

夔纹大瓦当。秦始皇陵区采集，当面呈大半圆形，径61厘米，表面饰以夔纹。瓦当的大小取决于建筑物的规模和级别，一般直径在10—20厘米之间，而类似于此类的超大型瓦当在秦陵陵园内的发现，足可想像陵园建筑规模之宏大。

"骊山食官"遗址发掘现场。食官隶属于负责宗庙礼仪事务的奉常，主管陵园祭祀活动中的膳食供应。食官遗址位于秦陵封土西北的内外城垣之间，经多次小规模发掘，出土了大量饮食器具，有些还刻有铭文，现已基本了解其性质和建筑格局。画面背景为秦陵的封土。

这些文字的发现，一下就让这组建筑的性质和功能昭示于天下。

"食官"是秦汉时期的职官名，隶属于负责宗庙礼仪事务的"奉常"。当时陵园内的礼仪祭祀活动是非常频繁的，所谓"日祭于寝，月祭于庙，时祭于便殿"，"寝日上四食，庙岁二十五祠，便殿岁四祠"，食官及其属吏就承担着祭祀时所有的膳食供应。

此外，这里还发现了一件重量工具——铜权，上面镌刻

有秦始皇二十六年和秦二世元年关于统一度量衡的诏令。

食官遗址内，还出土过一件错金嵌银蟠螭纹铜编钟，围绕着这件编钟，还发生了一连串令人忧喜交集的故事。

铜权。秦代标准衡具，高 5.5 厘米，底径 9.8 厘米，器身有秦始皇统一度量衡的诏书和“八斤”铸文，约合今 250 克左右。权，就是标示重量单位的砝码，成语“权衡轻重”即源于此。

1976 年春节期间，工作人员都回家过年了，袁仲一先生却独自留守在工地上值班。这天下午，他一人照例到陵园附近去转转。在始皇陵西北约 110 米的地方，他看到了一处农民平地时挖出的断面，出于职业习惯，他走近俯身观察，并用手铲轻轻剥离掉断面的土层。突然，他的手铲触到了一种金属的声音。

“难道这次独自留守竟让我收获意外？”袁仲一先生自语道。

他小心翼翼地剥开泥土，眼前竟然惊喜地出现了一件完整的青铜编钟。编钟通高 13.3 厘米，重 530 克，钟身饰有错金银的蟠螭纹和流云纹，精美异常，在钮部还刻有“乐府”二字。

“乐府”是中国古代中央管理宫廷音乐的机构，“乐府”钟

不仅具有无与伦比的艺术鉴赏价值，它还将“乐府”机构设置的历史从西汉武帝上溯到了秦代，其学术价值不言而喻，绝对是一件国宝级的文物。

袁先生兴奋得双手打颤。

然而令人始料未及的是，十年后的1986年，在防护森严的陕西省博物馆陈列厅，这件国宝级的“乐府”钟却不翼而飞了。

这一失窃事件当即震惊了整个文物界，省市政府为此成立了专案组，严密排查可疑人群。公安部还向全国海关发布通知，谨防文物流出境外。

然而虽经多方努力，“乐府”钟却杳无踪迹。

错金银青铜“乐府”钟。1976年出土于陵园内，通高13.3厘米，重530克，钟身遍饰错金银的蟠螭纹和流云纹，钮部镌刻“乐府”二字。此钟的出土，将我国古代中央管理宫廷音乐的“乐府”历史，从西汉武帝时期上溯到了秦代。而围绕着这件珍贵文物的失而复得，还有一个近乎传奇的故事。

随着时间的流逝，“乐府”钟在人们的心中已逐渐淡忘，可这件事却成为袁先生心中一桩永远挥之不去的憾事。

斗转星移，转眼间十年又过去了。1996年，公安人员在审查其他案件时，意外的从一个案犯的供诉中查到了“乐府”钟被盗事件的蛛丝马迹。在进行了一系列缜密的侦查后，此案一举告破——这是一起由博物馆工作人员内外勾结盗卖文物的恶性案件。

经过一系列的顺藤摸瓜，在各方人士的不懈努力下，最终查明“乐府”钟现藏于香港某收藏家之手。后来经有关部门的多方协调，阔别故土十余年的“乐府”钟终于回到了它的生身之处。袁仲一先生也终于长长地吁了一口气。

20 世纪 70 年代以来，随着始皇陵考古工作的进展，人们在陵园的外城垣一带，又先后发现并发掘了一批始皇陵的陪葬坑和陪葬墓。

这些陪葬坑、墓，主要分布在封土堆的东西两侧，其中最重要的有曲尺形马厩坑、珍禽异兽坑、百戏俑坑和石铠甲坑等。这些陪葬墓、坑，与上述的建筑群及地宫、封土堆一起，构成了陵园的一道独特的景观，映射了秦始皇生前的生活场景——那宽广的地宫是他在幽冥世界里的地下宫殿，高大的封土显示他唯我独尊的宏伟气势，形形色色的陪葬坑埋藏的是他生前享用不尽的荣华富贵，而巍峨壮观的陵寝建筑和园寺吏舍，则是嬴氏子孙供奉他灵魂的生生不息的祭祀场所。

可是，如果我们把秦始皇的幽冥世界仅仅局限于陵园范围内，那就未免小觑了这位气吞山河的封建帝王的魄力。考古学家的辛勤工作为我们开启了一扇穿越时空隧道的大门，秦始皇兵马俑的横空出世，使人们对秦始皇陵的认识又上升陵区遗迹分布示意图。秦始皇陵区总面积约56平方公里，中部为陵园区，目前已发现的重要遗迹现象有：正东兵马俑坑；东南马厩坑和上焦村陪葬墓；南面防洪堤遗迹；西南有多处修陵人墓地；西北郑庄石料加工场；北面鱼池村建筑遗址；东北动物陪葬坑及新发现的秦陵七号坑。

到了一个更为广阔的空间。

如果我们站在秦陵封土顶端举目四望，就会发现在陵园外围有一周天然屏障——东起鱼池，西达赵背户村附近的古河道，南抵骊山，北达新丰塬——依靠山、河、塬的地形地貌，天然地围合成一个边长7.5公里、面积56平方公里的正方形区域。

在这个区域内，与秦陵有关的举世震惊的发现绵绵不绝。正东有兵马俑坑和马厩坑；东南有全长3500米、宽约

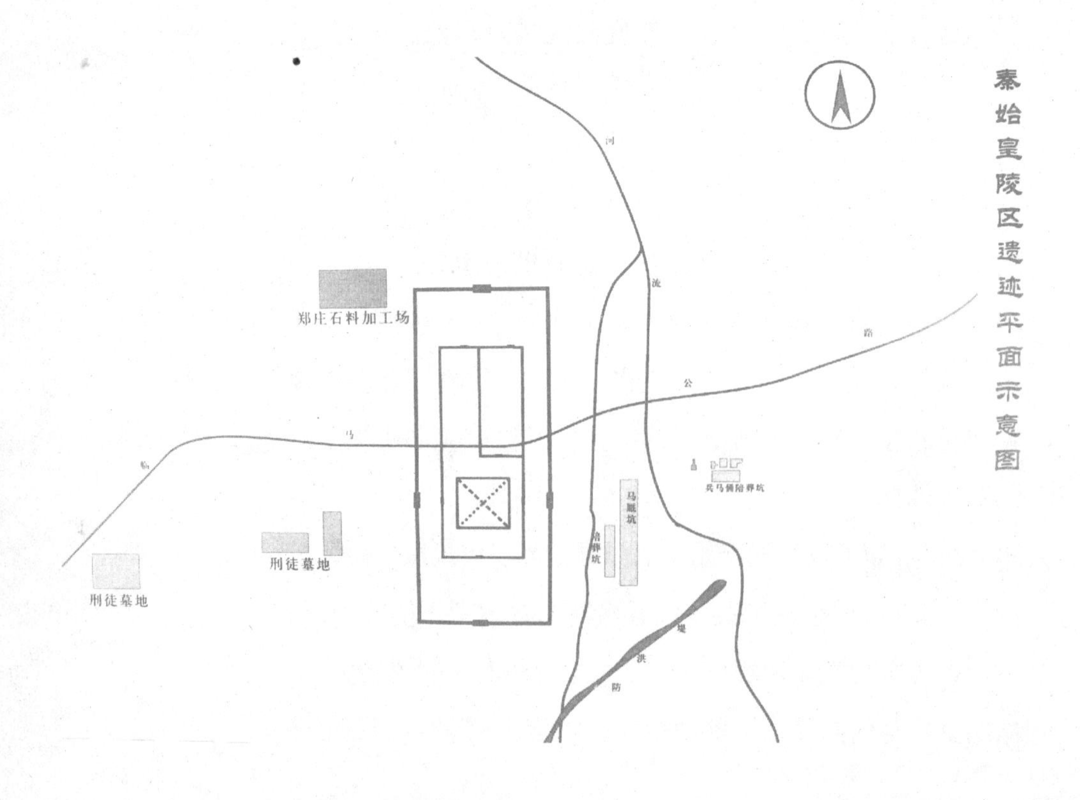

40 米的防洪大堤；北面鱼池村附近有面积达百万平方米的建筑遗迹及动物坑和 7 号陪葬坑；西面有郑庄石料加工场和多处刑徒墓地。

在这个区域中，各种遗迹现象和文物丰富多彩。

鱼池建筑遗址原来是秦国的步寿宫，后来在修建始皇陵时扩建为建陵期间的官署。遗址中包含有大量的建筑材料，还出土了青铜刀、戈、矛类兵器，和铁制的斧、铲、刀、锸类工具。其中尤为重要的，是在许多陶器上发现了刻有人名、地名及官署名的陶文，它为我们解开秦代中央官署管理手工业制作的机构，以及从全国各地征召匠人的募役制度提供了钥匙。

铁钳与铁桎。郑庄石料加工场出土，是打制石料的刑徒脖子和脚上所戴的刑具，相当于后世的枷和脚镣。

石料加工场中，出土了制作石材的铁锤、铁铲等工具，还发现了 10 余件钳、桎类铁刑具。

如果说以兵马俑为代表的陪葬坑，充分展示了秦帝国全盛时期的威武与恢宏气势，那么陵区西缘的修陵人墓地，则与之形成鲜明对照，反应了秦代役卒的悲惨境况。

赵背户村刑徒墓地，在简陋狭窄的土坑中，往往堆放着数具尸骨，埋葬异常草率。他们有些人身首分离，显系死于非命。这些遗骨几乎没有任何葬具和随葬品。少量刻在残瓦片上的文字，简单记录了这些来自各地的役徒的姓名、身份和籍贯。专家们对清理出来的100具人骨进行了鉴定，其中有女性3人，儿童2人，其余均为二三十岁的青壮年男子！

从这里，我们可以看到秦王朝残酷统治和沉重力役的一个缩影：徭役重如山，生灵如草芥，严刑苛政，民生困顿。也许我们从中可以感悟出一个从战火中浴血而生的强大帝国，为何在转瞬间即灰飞烟灭的千古遗恨。

壮哉大秦！悲哉大秦！

铁锤。类似的工具在秦陵陵区范围内发现较多，是当时修建陵墓时的常用工具之一。

铁凿。陵园陪葬坑内出土，秦代常见的工具类型，为刑徒修建陵墓时的工具之一。

2.最漫长的埋伏

他们的存在，从未见史书记载。

这是一次真正意义上的埋伏。一支8000人马的军团，在地下埋伏了80万个黄昏和黎明。他们面向东方，箭在弦上，千钧一发。

2200多年前的秦朝，从全国各地来的艺术家和数以千计的工匠、军官，在这里分工合作，完成了一次浩大的艺术工程。这次成功的艺术行为，让参与其中的人施展了全部的才华和智慧。唯一的不幸在于，他们的作品，只能贡献于一个君主面前，并且永远埋入地下。

这是大型电视文化专题片《中国博物馆·埋伏》中的一个片断，它把人们的视线引向了一个令人震撼的强大地下兵团——秦始皇兵马俑坑。

说起秦始皇兵马俑坑的发现，还有一段曲折的故事，让我们把目光投向20世纪的70年代吧。

那一年，在中国西北的三秦大地，出现了一场连续数年的旱情，水资源的匮乏已严重威胁到当地人们的生存。为解决人畜饮水和农田灌溉问题，各地村民自发地四处寻找水源，挖井引渠。

整装待发的兵马俑

西杨村——一个名不见经传的小村庄，位于陕西省临潼县东十来里地处，世世代代居住在这里的60余户村民，就像这片黄土地上生长的芨芨草一样，顽强地与恶劣的生态环境作着不屈的抗争。由于缺乏必要的科学知识和挖井机械，人们只能用最传统的方式挖井寻水。几年来，他们陆续打出了好几眼井，但不是枯井，就是水量有限，无法从根本上缓解对水的需求。

1974年3月底，生产队干部杨培彦和杨文学，带领几位村民来到村南的一片柿子林旁，当时这里乱石堆积，人迹罕至，当地人都把它称为“石滩”。柿林之中乱坟累累，时常有狼虫出没其间。考虑到这里有一条干涸的古河床，每逢大雨，河床中仍有较大的水流，因此大伙想，这里的地下水可能比较丰富，大家期盼在这里能找到好运气。因为没有先进的探测工具，选择井址完全凭借以往的经验和直觉，腾挪再三，井址最终确定在一棵枝叶繁盛的大柿子树南10余米处。

刚开始，挖井工作进展顺利，但下掘到4米多深的时候，意想不到的事情发生了。首先，村民杨志发一镢头刨出了一件空心的东西，仔细一瞧，原来是个真人大小的陶人躯干；随后，又发现了几件残破的人头和大量的泥塑残肢断臂，还有一些青铜兵器。

这是怎么回事？难道挖到了传说中的“瓦神爷”？一时间，大伙全都傻了眼。

秦始皇兵马俑坑原址。这是当年西杨村村民打井的地方，谁也不会想到，他们的无心之举竟然发现了“世界第八大奇迹”！

历史应该记住这一天：公元1974年3月29日，一个载入考古学史册的日子，一个号称“世界第八大奇迹”的庞大地下军团，一支在地下埋伏了80万个日日夜夜的潜伏部队，就这样在不经意间露出了它逼人的锋芒！

跪射俑出土场景。虽已历经千年沧桑，这两件刚刚出土的跪射俑依旧保持着紧张备战的姿势，透过其警惕的表情和专注的目光，战斗似乎一触即发。

西杨村打井挖出“瓦神庙”的消息，很快传得沸沸扬扬，十里八村的乡亲纷纷赶来看热闹，现场一时人声鼎沸。闻讯而来的县文化馆干部赵康民等人，已敏锐地察觉到，这是一批重要的文物资料，于是下令，果断封闭了打井工地，将已出土的文物标本收集回馆，进行修复整理。

不久以后，一则由新华社记者蔺安稳撰写的内参报道飞传入京，立即引起了中共中央和国务院的高度重视。时任国务院副总理的李先念对此作出重要批示，责令国家文物局和陕西省委“迅速采取措施，妥善保护好这一重点文物”。

在国家文物局和陕西省有关部门的统一协调下，一支由袁仲一先生为队长的考古工作队迅速组建并开赴现场。

考古工作队首先要做的工作是进行考古钻探，以摸清遗迹现象的范围和深度。

钻探用的工具，学名叫做探铲，俗称“洛阳铲”，它是早年由洛阳的盗墓人发明的一种钻探工具，如今与手铲一起被改进为考古工作的代表性工具。“洛阳铲”的铲头长约20厘米，直径约3—5厘米，前端呈半圆筒状，后接长柄，从地表向下垂直打孔，利用黄土特有的黏性从地下抽取柱状土样，通过对土质、土色、密度、包含物等方面的分析，帮助考古工作者在未经发掘前就能大致辨明地下遗迹的分布情况。

开工伊始，就令所有的工作人员惊诧不已，因为这个埋有陶俑的坑居然“找不到边”，这也就意味着，该坑的范围大得出乎人们意料。随着人力资源的不断增加，钻探范围一步步拓展，部分关键地点还进行了小面积的试掘，到第二年的6月，考古工作者在地面以下5米左右深处，探出了一个东西长200多米的大型俑坑！

钻探结果乍一呈现，大家并没有欢呼雀跃，相反每个人眼中都流露出怀疑的神色：如此巨大的陪葬坑，在世界任何地方都是闻所未闻的，是不是钻探过程中出现了什么疏漏？

早年考古学家清理兵马俑的图片资料

考古学是一门十分严谨的人文基础科学，它所揭示的往往是初见天日的第一手原始资料，如果最初提供的原始资料出现重大偏差，不仅仅是贻笑大方的问题，而且对以后进行大规模发掘、兴建遗址博物馆以及其他学科的进一步研究都会产生误导。当时正处在文革后期，什么事情都会往政治上靠，没有人能够承担起如此严重的错误。

以后，经再三核查和复探，考古队坚定了自己的信心，向陕西省文物局和国家文物局提交了俑坑钻探的资料成果。

接下来的变故竟然是谁也没有料想到的，原计划一周左右完成的任务，竟然一干就是 30 多年，奇迹如同梦幻般发

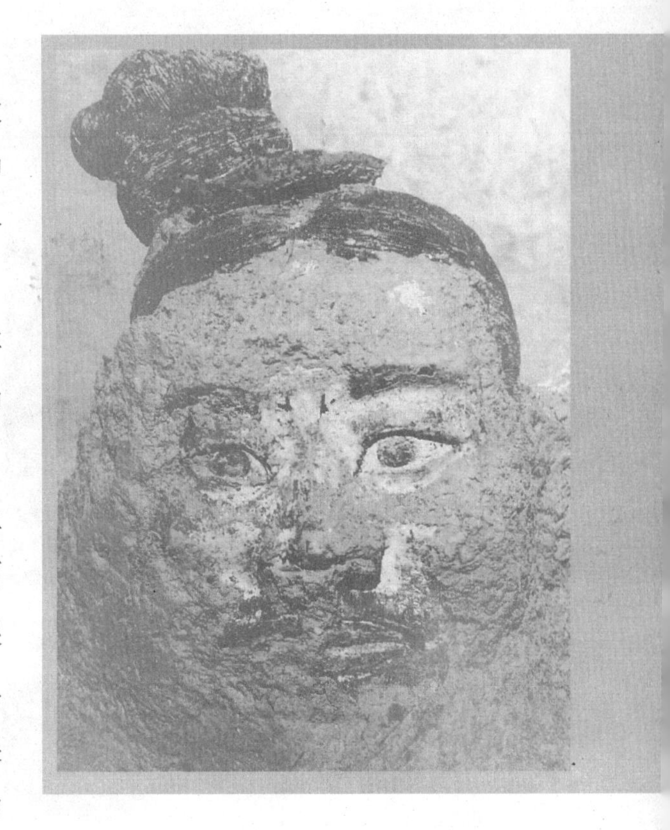

彩绘陶俑头出土瞬间

生。农民打井挖出的“瓦神爷”，成了20世纪最轰动的考古大发现，也成了陕西省真正的“财神爷”；昔日的乱石滩，变成了当今闻名世界的旅游胜地。

1975年6月，经过近一年的考古钻探和试掘，规模宏大的秦俑一号坑初露端倪。

这是一座地下坑道式的土木结构俑坑，深4.6—6.5米，面积达14000多平方米。当年展现在考古人员面前的，是一具具倒塌的身体，残破的头颅，断裂的手臂。陪葬坑中这些士兵的雕塑，当初应该都是站立的姿势，很明显，它们曾经遭受过严重的破坏。于是，残破的兵马俑开始接受精心的修补，它们当初的面貌也开始逐渐恢复。当一个个陶俑重新站立起来后，他们当年的雄风让整个世界都噤若寒蝉——在人们眼前，这是一支大小同真人一模一样的队伍，他们清一色的战士装束，身着铠甲和战袍，手握利刃，肃然列阵，眼望前方，正等待着冲锋战鼓的擂响。

一号坑部分陶俑出土状况。残断凌乱的俑身和红烧土的痕迹，显示兵马俑曾经历过大规模的人为扰动和烈火焚烧。这支深藏于地底的帝国之师，在历史上曾经历过什么样的浩劫？谁是焚毁秦俑坑的罪魁祸首？考古学家能给世人一个明确的答案吗？

战车遗迹。与陶俑等文物的发掘方式不同，木质类有机质遗物往往已腐朽殆尽，考古工作者只能通过其朽痕来进行判断和清理，这就需要极其丰富的经验和严谨细致的工作作风。

同样受到震惊的还有为他们修身整容的考古学家：在整个考古史上，还从来没有发现过数量如此之多的陶俑。经清点，坑中埋藏的陶俑、陶马达6000余件，那是一支由步兵和战车相间排列的大型军阵，象征着大秦帝国京师的卫戍部队。令人惊叹的是，当初村民犹疑不决并数次更换的井址，恰巧就打在俑坑的东南角，并且还有一半在俑坑外。倘若造化弄人，井口再向外移1至2米，我们也许就与这空前绝后的人类奇观擦肩而过了！

1976年4月23日，在秦俑一号坑东侧又发现了二号坑，面积约6000平方米，估计埋藏兵马俑2000余件，是一支由战车、步兵、弩兵和骑兵组建的特混编队。

同年5月11日，在一号坑西侧又发现了三号坑，面积520平方米，出土四马战车一辆，陶俑68件。从结构和布局来看，这里是统领一、二号兵马俑的指挥中心，即古代文献中所记载的“军幕”。

夕阳映射下的秦军将士。穿越时空隧道，沐浴在两千年后的夕阳下，栩栩如生的秦人面孔鲜活地呈现在世人面前。

在二、三号坑之间，还发现了一座空坑，定名为四号坑。经钻探查明，坑内没有任何隔梁、过洞、陶俑及回填的花土迹象，估计是一座未完工的俑坑。这座空坑应该同秦末农民战争爆发有关，当时骊山工程停建，役徒都被抽调去抵抗义军了。

兵马俑坑的发现引起了世界的关注。一次偶然的机会，时任国家文物局局长的王冶秋，在北戴河海滩与负责国家科技工作的聂荣臻元帅不期而遇。聂帅在获知有关秦兵马俑坑的情况后异常兴奋，建议国家文物局请示国务院，在遗址旧地修建一座兵马俑遗址博物馆。后经各方努力协调，在国家财政极度困难的条件下，李先念副总理毅然作出了建设秦始皇兵马俑遗址博物馆的重大决定。

武士俑头部特写

1978年5月8日，博物馆大厅主体建筑全部完工，随后兵马俑一号坑的大规模考古发掘正式拉开了序幕。历经一年多艰苦细致的工作，一支埋伏在地底的气势恢宏的庞大地下军团，终于以它让世界震惊的绝世风采呈现在世人面前。

秦国的军队到底是一支什么样的军队呢？他们横扫天下，气吞万里，让一切敢于挡在自己面前的军队像河滩上的沙堆一样土崩瓦解。在10年的时间里，他们席卷了所有的国家，征服了所有的部落，最终结束了500多年的战乱，在中国开创了一个大一统的封建制帝国。

伟大的司马迁记录了秦军在几百年间发动的一次次战争，但对于战争的详细过程和具体细节，司马迁却很少提到。在他的巨著《史记》中，秦赵间的长平之战是一场值得作为分析的战例，再结合兵马俑的发现，成为专家们了解秦军的重要线索。

公元前262年，虎狼一样的秦军攻城拔寨，把韩国的大片领土尽收囊中，兵锋所向，直指上党。这时，眼见山河破碎再难收拾，一个阴谋在韩国悄悄上演。

上党是韩国的一个大郡，下辖17座城市，战略地位十分重要。上党守将冯亭想：与其投降秦国，不如投降赵国，秦国得知赵国不劳而获上党，定然将战火燃向赵国，那时韩、赵联手抗秦，韩国或可保全。因此，冯亭迅速做出决定，把上党下辖的17座城一股脑儿全送给了赵国。让人难以置信的是，赵国居然毫不客气地照单全收了。很快，战火就在秦赵两国之间燃烧起来。

神情专注的跪射俑

在赵国境内一个叫长平的地方，即今天山西省的高平县，秦赵两国集结了100万大军，一场大战即将爆发。统率攻方这支秦军的，是百战百胜的大将王龁，而守方的大将，则是有勇有谋、对战争艺术经验老道的老将廉颇。这是中国古代战争史上一场空前的战役，双方谁都明白，这次战役将决定两国的命运，将决定整个战国时代的政治格局。

当时的赵国是秦国最强大的对手，经过赵武灵王胡服骑射后的赵军，有一支所向披靡的强大骑兵，在与北方匈奴人的反复较量中，打出了自己的威风，也打出了自己的王牌。

青铜盾。铜车马坑出土，高36.2厘米、底宽24厘米，中央起脊，两侧出扉牙，背面中部有握柄，正反面下部盘绕着两条对称的龙纹图案，边缘饰勾连的流云纹，是目前所见制作最精美、保存最完整的秦代盾牌。

战争一开始，士气旺盛的赵军像潮水般地向秦军阵地发起了一波又一波的轮番冲击，然而战斗的结果则是赵军尸横遍野，损失惨重。那么，严阵以待的秦军是怎样抗住赵军旋风般的冲击波的呢？

秦始皇兵马俑一号坑，是一座呈东西向的长方形，长230米，宽62米，距地面深4.6—6.5米，每边各有五条斜坡门道，

总面积达1.4万余平方米。它的总体布局为四周回廊环绕、面阔九间的地下坑道式土木结构陪葬坑，坑底青砖铺地，中间夯筑隔梁，上架棚木。其中埋藏有各式陶俑、陶马6000余件，现已发掘出土的有2000多件，另有木质战车20乘，各类兵器4万余件。

秦俑一号坑为我们展示了一幅蔚为壮观的秦代军阵图，它是以战车和步兵相间排列的长方形军阵，整个军阵由前锋、主力、侧翼和后卫四部分构成。

气势恢宏的兵马俑一号坑。1974 年横空出世的秦俑一号坑，是当代考古学最重要的发现之一，也是世界人类文化遗产中一枝绚丽夺目的奇葩。俑坑面积 14000 平方米，埋藏各类陶俑、陶马 6000 余件，战车 20 辆，各式兵器 40000 多件。这支完整的秦军军阵由前锋、主力、侧翼和后卫四部分组成，以相间排列战车和步兵为主，是秦军攻城陷地的中坚力量，象征着守卫京师的精锐宿卫军。

最前方的是由 204 名弓弩手组成的三排横队，它们是军团的前锋。可以想像，在长平谷地严阵以待的秦军军阵中，他们是最先与赵军接战的部队。考古发现，他们曾经装备的武器一律是远射用的弩。正是这些无坚不摧的弩兵，直接面对着成千上万汹涌而来的赵军。弓弩的射击有一条规律，必须要

引弓待发的立射俑

轮番射击，才能挡住敌方的攻势，所以他们站立成三排，当第一排射击的时候，后两排拉弦搭箭，三排弩兵因此可以轮番射击。在近代战争史上，欧洲的排枪阵形，采用的也是同样的原理。在战场上，密集的杀伤力最为致命。

在长平谷地，赵军首先遭遇的是秦弩兵。万弩齐发，箭飞似雨，赵军每前进一步都要付出很大的代价。然而，这只是秦军的第一道攻击波。

秦俑一号坑中，在三横排弩兵身后，在九条过洞内，是由全副武装的步兵簇拥着的战车纵队。战车四马单辕，车载 3 名武士，他们都配备着远射、格斗及防护的武器，这是军团的主力。军阵左右两侧，各有一列面向外的弓弩手，负责保护主力的侧翼，而在最后面还有 3 排朝向不同方位的警戒部队，当属军团的后卫。目前学术界普遍认为，这支装备精良、布阵严密的地下军团，象征着当时守护京师的宿卫军，是秦始皇带入幽冥世界的守卫者。

所以当赵军遭到弩兵的大量射杀后，将直接遭遇到秦步兵和战车纵队的冲击。

在秦陵遗址中，考古工作者发现了一只矛头，而矛头附近，又找到了一条长 6.3 米的矛柄，当然木制的矛柄早已腐烂，只留下了矛柄的遗痕。矛柄加上矛头，这只完整的长矛就接近 7 米了。这样长度的刺杀兵器，显然并不适于自由格斗的需要，那它起什么作用呢？翻开世界历史，令人闻风丧胆的“马其顿方阵”给了我们一些启迪。

在古代希腊，亚历山大大帝发明并组织了“马其顿方阵”，即

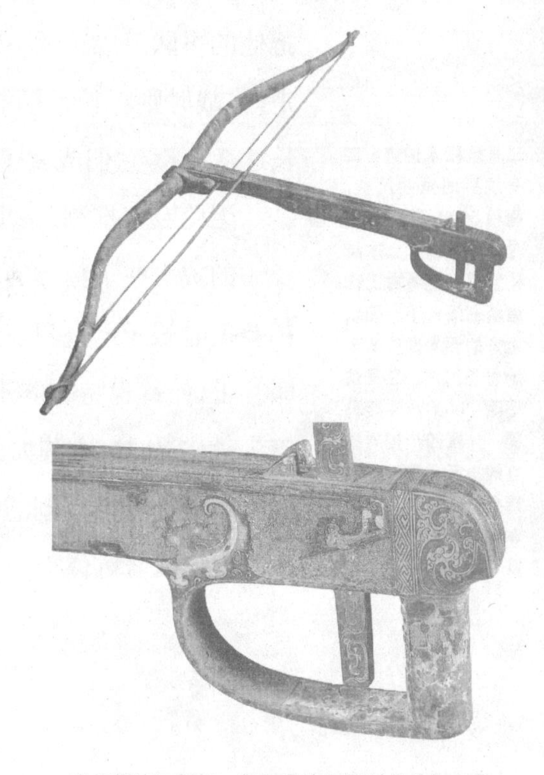

青铜弩弓及弩机。弩弓是冷兵器时代杀伤力最大的远射兵器，它的发明和应用，极大地改善了远射兵器的距离和准确率，引发了行军打仗、排兵布阵全新的变革，在战国至秦汉的许多重大战役中往往起到了决定胜负的重大作用。

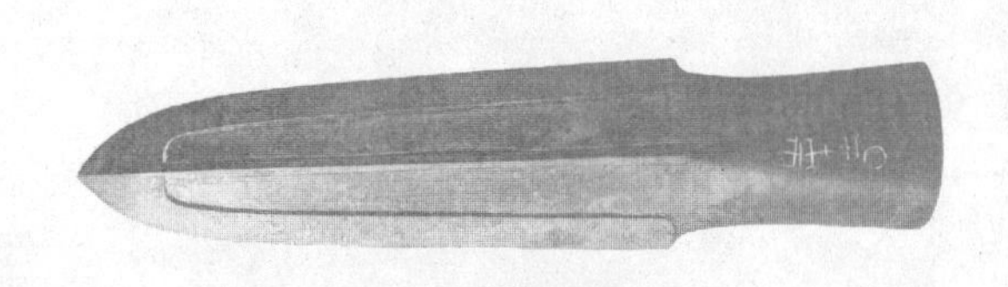

青铜矛。矛是最为常见的穿刺性长兵器。

把他的军队组成长矛方阵，行军时将长矛竖立起来，便于行走，作战时则将长矛平举指向敌阵。“马其顿方阵”的长矛就长达 7.2 米，它们成就了亚历山大大帝的不朽英名。

二号坑棚木遗迹。二号坑平面呈曲尺状，面积 6000 平方米，也是地下坑道式土木结构建筑，在考古工作者精心清理下，俑坑上方的棚木遗迹清晰地显现出来。二号坑埋藏 2000 余件兵马俑，分属四个相对独立的单元，是一支由弩兵、步兵、骑兵和战车组合而成的特混编队。

因此专家推测，秦步兵中应当也有类似的长矛方阵。而长矛的威力在于集体的力量，不论发生什么情况，这些士兵都要挺着长矛一直向前走，前排的士兵倒下，后排的就要立即补上，始终保持方阵不变。我们完全可以想像当年长平的镜头：枪头如林，方阵如山，巨大的冲击力以不可阻挡之势压向刚刚遭受弩箭重创的赵军……

秦俑二号坑位于一号坑东北约 20 米处，平面呈曲尺形，

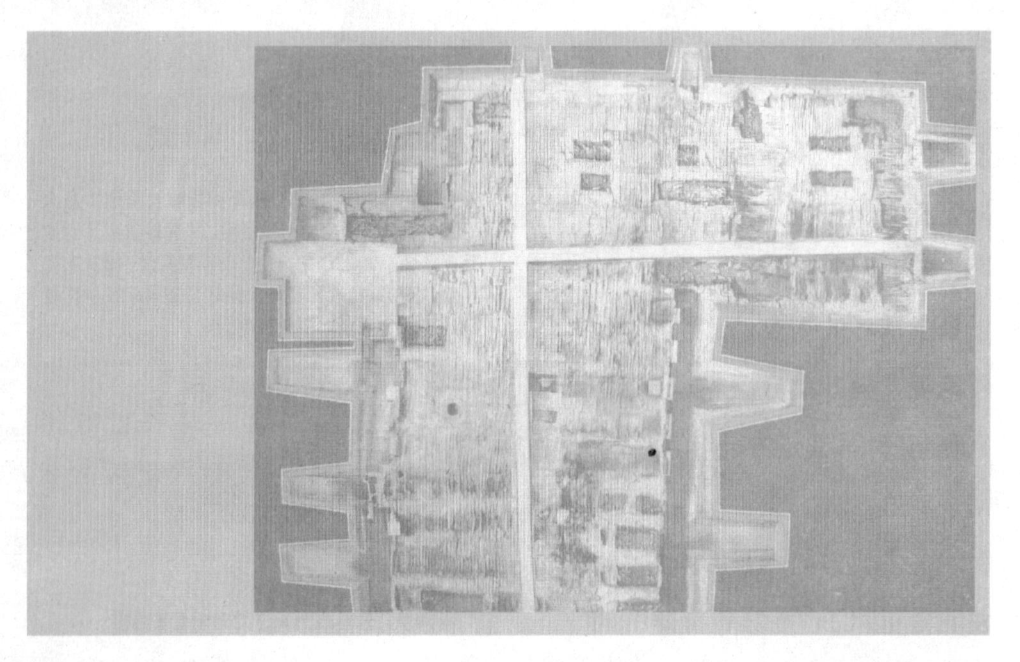

周边有九条斜坡门道，总面积约 6000 平方米。坑内有 18 条东西向的隔梁，大体可分为四个相对独立的单元：

第一单元位于曲尺形坑的东北角，有八条过洞和一周围廊，排列一支弩兵分队，回廊中安放立射俑，过洞内置跪射俑。

第二单元位于坑南部，有八条过洞，内置 64 辆四马战车，车后各有站立的御手俑甲士 3 人。

第三单元在坑中部，有三条过洞，为步兵、骑兵和战车混编部队。

防护严密的御手俑

第四单元在坑北部，有三条过洞，其内全部为骑兵编队。

有关二号坑的军阵性质，是学术界热烈讨论的一个问题，许多学者对此都有专门的论述，到底它是古代兵书中记载的“曲尺形阵”呢？还是“雁形阵”或“疏阵”呢？目前虽然尚无定论，但是有一点是大家公认的，那就是，这是一支我国乃至世界所见最早最完善的应用于实战的特混编队，其显著特点是将诸多不同的军兵种混编于一个统一的军阵之中协同作战，因应战场各种形势，扬长避短，最大效率地发挥不同军种的优势。

因此，赵军的噩梦并没有就此结束，在长矛方阵之后，手持戈戟的重甲兵簇拥着战车，阵形严整如滚滚洪流一往直前。这是冲击敌阵的主力，赵军的阵形在这股狂风般的铁流面前迅速崩溃。随后，快捷如电的骑兵部队如一把尖刀风驰而至，围堵和追杀溃逃的赵军。二号坑的军阵，充分反映了秦军先进的战术思想和完善的作战指挥系统，再现了当年秦国武士势不可挡、横扫六合的磅礴气势。

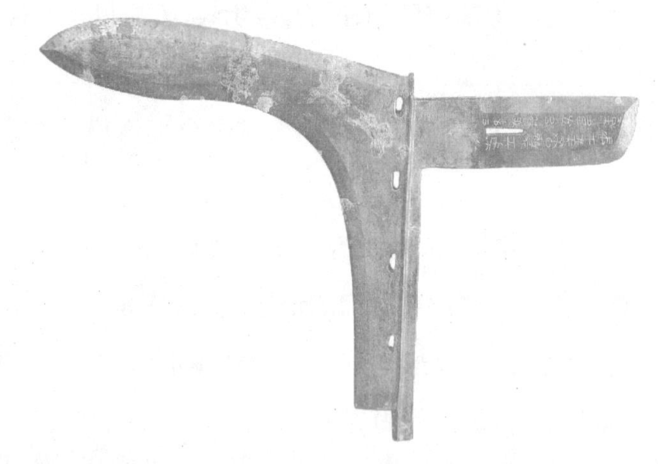

青铜戈。戈是先秦时期最为普及的勾杀兵器，西汉以后逐渐消失。秦俑坑中出土了相当数量的青铜戈，造型美观，制作精良，其中一件始皇三年由“相邦吕不韦”督造的戈更是难得一见的精品。右图戈内上的“相邦吕不韦”铭文清晰可辨。

交锋受损的赵军统帅廉颇，见秦军势不可挡，便立即改变策略，实行了全线撤退、凭借有利地形构筑壁垒固守的政策。远离国土的秦军久攻不下，两军相峙整整两年，战局渐渐向不利于秦军的方向转变。这时，政治阴谋又开始粉墨登场了。

现在，又回到了司马迁的拿手本领上。他写到：秦人使用反间计，让疑心重重的赵王上当，用只会纸上谈兵的年轻的赵括，代替了老帅廉颇出任赵军总指挥。赵括一到前线，就立即改变部署，向秦军主动发起进攻。而这时的秦国也在临阵换将，秦王秘密调回了大将王龁，把战国时代最为杰出的军事天才白起派往前线统帅秦军作战。

白起像。白起是战国时代秦国名将，一生南征东伐，为秦国屡建奇功。后因开罪秦王，被赐剑自尽。

秦俑三号坑，位于一号坑西北25米处，平面呈“凹”字形，形制较小，面积仅520平方米，东壁有一条斜坡门道。坑中前部出土髹漆彩绘木质四马战车一辆，上有华盖，均已腐朽，仅余残痕，车前并列四马，车后站立着3名御手和1名中级军吏俑。另外在南、北两个厢房，还分别出土了64件陶俑，它们手执仪仗兵器——殳，夹道列队，可能是当时

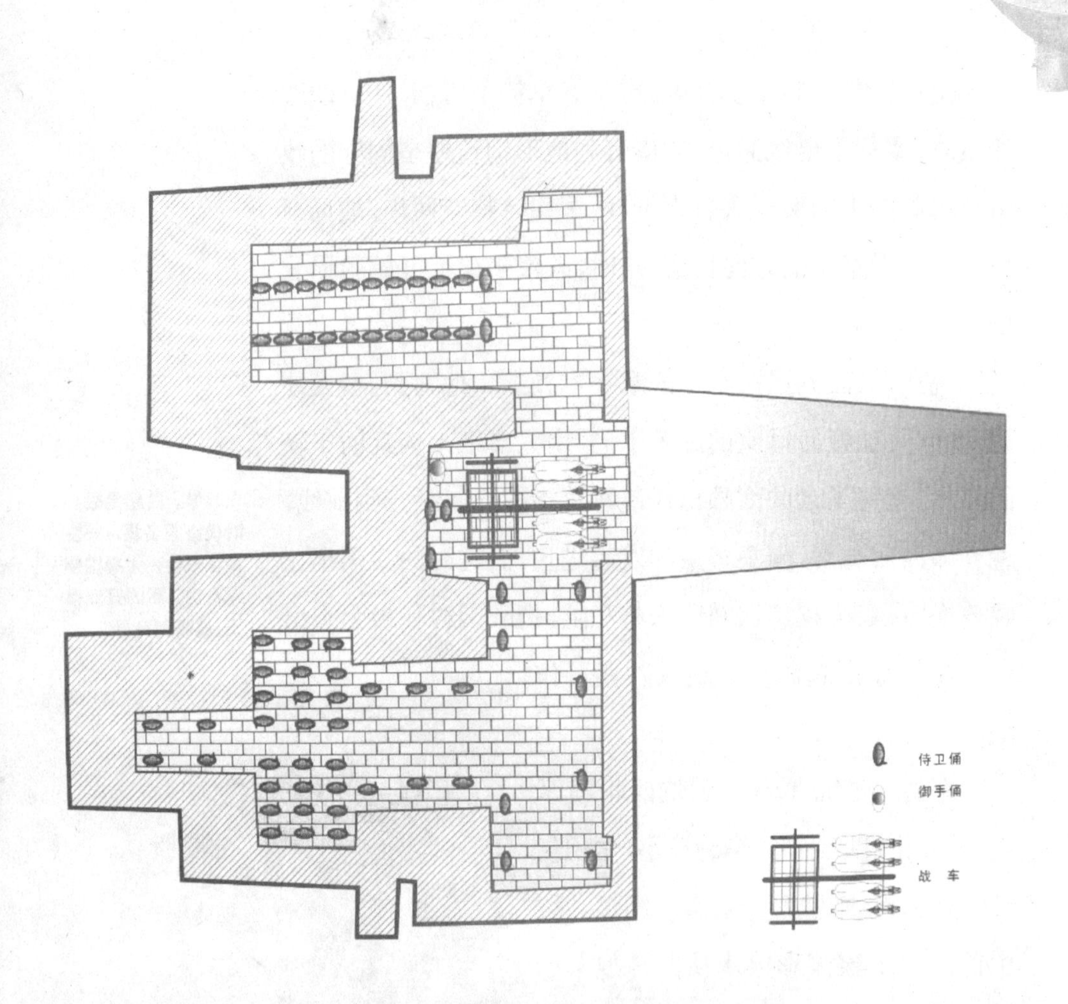

三号坑平面示意图。三号坑平面呈"凹"字形，面积520平方米，出土四马战车一辆，陶俑68件。该坑虽然规模不大，但其特殊的形制和内涵也引起了学者的广泛关注。考虑到南北厢房里夹道排列的陶俑均手持仪仗武器——殳，坑内还发现有祷战祭祀残留的鹿角兽骨，多数学者认定这里应该是古代文献中所载的"军幕"，即秦王朝统帅三军的指挥部。

的仪卫部队。三号坑的性质，应该就是古代文献中记载的"军幕"，也就是统帅三军的总指挥部。

当白起踌躇满志地踏进这样的“军幕”时，就已经成竹在胸了。面对赵军的大举进攻，白起果断地下达了一个命令：让与赵军接战的秦军前锋部队佯装败退，而秦军主力则开始在长平东南的有利地势上构筑壁垒。

三号坑南厢房队列。南厢房出土的铠甲武士俑42件，身高180厘米，神态恭谨，体格健壮，均手持铜殳夹道而立，应为担当警戒任务的仪卫俑。

赵括果然中计，亲率赵军主力离开大本营，进入了秦军的口袋阵。

这时，夜幕低垂，几颗微光闪烁的星星静静地俯视着战局的发展。黑夜中，两队背负使命的秦军悄悄地离开了营垒。一支25000人的“奇兵”部队潜伏到赵军的背后，将赵军一分为二，并截断统帅前军的赵括的退路。另外一支5000人的骑兵，则如一阵风似的直奔赵军大本营，去切断赵军的粮道。

神态威严的将军俑

然而，军事专家对这两支秦军部队一直迷惑不解。25000名“奇兵”到底是怎样一支部队，他们属于哪一个兵种？而那5000名秦国骑兵究竟如何作战，这一切都没有人能说清道明。

先来看看秦国的骑兵。在二号坑北部的第四单元，井然有序地肃立着一支骑兵队伍，他们四骑一组，三组一列，八列共108名组成一个纵队。这是迄今人们所知道的中国最早的骑兵编队。他们体形修长，装束简洁，独特的皮帽紧紧地勒住下颚。它们有着两头微翘的先进的马鞍，然而却没有马镫。马镫可以使骑

秦国的骑兵。此俑出土于兵马俑二号坑，骑士装束简洁，独特的皮帽紧紧地勒住下颚；战马鞍鞯齐全，膘肥体壮。值得注意的是，马身未配马镫。

手更好地保持身体平衡，并腾出双手，用来攻击敌人。但没有马镫的秦骑兵究竟如何作战呢？

在骑兵纵队中，考古学家没有找到适于马背作战的长矛和战刀，相反却找到了很多箭头、弩这样的远射兵器。双手持弩的骑兵，当然不必像挥刀舞矛那样对身体的平衡度有更高的要求。那么，秦军的骑兵，竟然是用弩在马背上作战，这真是让人大出意料。

可以相信，在长平战场上，直扑赵军大本营的5000骑兵，还无法像后来的骑兵一样挥刀舞枪冲击敌人，他们的任务很可能是监视赵军大本营的动静，或者袭击赵军运送粮草的后勤部队。

铜箭镞。在秦俑坑发现的大大小小各式军阵中，弩兵的运用极其广泛，大量出土的箭镞，也反映了强弓劲弩在秦国武器装备中的重要地位。

当战场上的变化全部按照秦军统帅部的战前部署完成以后，赵括率领的赵军主力被死死围困在秦军的铁桶阵中。今天的高平县境内，有一个名叫三军村的小

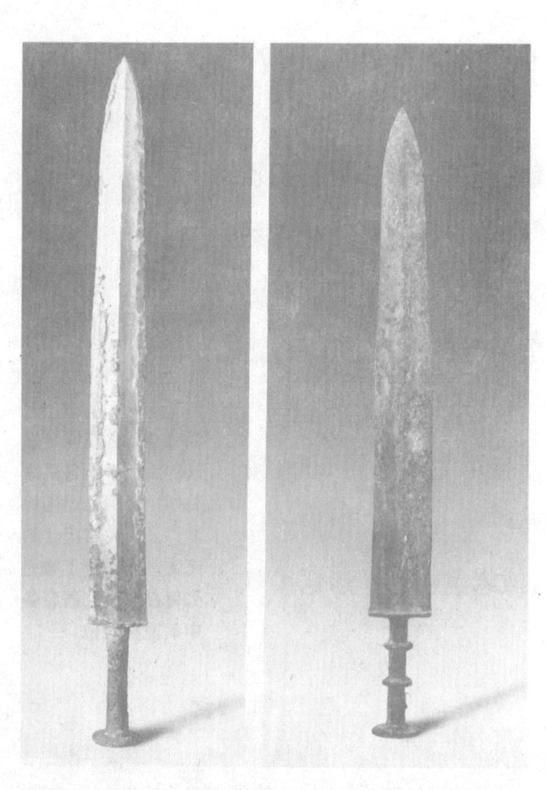

青铜剑。锋披天下的秦国利刃早在春秋时期就已闻名遐迩了，作为近距离格斗的主要兵器，青铜剑在各地秦墓中发现较多，李白盛赞秦王剑的诗中有“剑光照空天自碧”的佳句，而秦俑坑所出具有“记忆合金”性质的高韧性铜剑，更使世人对秦代兵器中的高科技含量惊叹不已。

村庄，当年赵军统帅部就设置在这里。想当年，被围困在这里的赵括并没有丧失斗志，他命令赵军就地布阵，建筑工事，固守待援。久经沙场的白起也没有马上下达总攻击令。为了从精神上彻底地瓦解赵军，白起命令部队围而不打，只是出动一种叫做“轻兵”的部队不断出击，袭扰赵军。

在那被围困的46个日子里，凄风惨雨，哀号连连。然而，令学者们迷惑不解的是，在成群饥饿疲惫的赵军士兵中反复冲杀的秦军“轻兵”，倒底是一支什么样的部队呢？

金钩。形如弯月，两面有刃，传为春秋时期吴国发明的新式武器，故又称为吴钩，以往仅见于文献记载，这次在兵马俑坑中出土的金钩实物尚属首次发现。

在俑坑的众多勇士中，我们看到这样的一群士兵，他们手执戈矛，身上只穿有一层布袍。在冷兵器时代，铠甲是最好的防护手段，脱去了铠甲，就等于赤膊上阵，距离死神就比别的战士更近一步。然而，脱去了铠甲的战士，也等于把自己从桎梏中解放出来，他们的身体获得了更自由的空间。想来他们就是司马迁所说的“轻兵”，是由一群具有过硬技击本领和格斗技术的小伙子组建而成，他们属于秦军中的特种部队，经常在战场上执行特殊任务。现在他们就被派出执行袭扰赵军的任务。他们体轻似燕，来去如风，穿梭在重重的赵军士卒中，虽不如后世小说中所言，能在百万军中取上将首

兵马俑坑中的“轻兵”战士

级如探囊取物，却一定能给赵军以重大的杀伤，严重挫伤敌军的士气。

“秦军围住了赵军主力！”当这一消息传到秦都咸阳，喜出望外的秦昭王再也坐不住了，他立即起身来到长平前线，并带来了秦国15岁以上的男子，组成一支新的大军，从战场的两翼一直插到赵军大本营背后，彻底切断了全部赵军的后路。

噩运已无可争议地降临到赵军的头上。赵军统帅赵括面临的选择只有一个：突围！于是，即将溃散的赵军被重新整合起来，兵分四路，回过头来向东突进，他们唯一的希望就是同守卫大本营的赵军会师，以图再战。可是，挡在他们前面的，便是那支25000人的穿插部队——司马迁所说的“奇兵”。

青铜戟。有时为增强其杀伤力，将勾杀性兵器戈与矛合二为一，形成一种新型的长兵器——戟。

可以想象，在整个包围圈上，这 25000 名“奇兵”驻守的防线，曾经历了最为惨烈的战斗。这支“绝赵军后”的秦军部队，如果没能顶住赵军的拼死突围，这场战争的结局或许会重新改写，甚至整个战国的历史也都可能改变。

那么，这支“奇兵”到底又是一支什么样的部队？历来对此的争议是最大的。

有人说，他们是一支战车部队。在二号俑坑的南部第二单元位置，有八条过洞，里边放置了 64 辆战车。这些战车车体窄小，由四匹马拉动，每辆车上站立 3 名甲士。这是一支纯粹的战车编队，没有步兵跟随，他们的速度完全可以跟上骑兵部队。战车上的士兵配备着戈、矛等刺杀性兵器，正好弥补骑兵无法近身攻击的缺憾。正是这种独立战车部队的快速穿插，可以起到迅速分割包围敌方部队的战略目的。当战车的滚滚洪流轰隆隆地辗过战场，身后留下的是泥泞的血路和伤兵的哀号。

中厅战车。位于斜坡门道前方正中，停放战车一辆，车舆大部已朽蚀，车前有四匹战马，车后站立三名身着甲装的御手俑和一名中级军吏俑。整装待发的战车是统领三军的将军专用车驾？还是用于传达统帅部指令或祷战信息的传令车？众多的疑惑目前仍然难以解开。

表情恭谨的中级军吏俑

还有人认为，他们应该是一支具有多兵种组成的混成部队。就像一号坑和二号坑的兵种组合一样，由弩兵、步兵、骑兵、车兵等共同构成一个完整的战阵，这个战阵在进攻时锐不可当，在防守时又能稳如泰山。正是这样的多兵种混成战队，把赵括的赵军主力牢牢钉死在赵军大本营以西，使其两头难以兼顾。

正是在这场惨烈的突围战斗中，一支秦国弩兵随意发射的弩箭，洞穿了赵括的咽喉。

黑沉沉的阴霾下，死神发出最后一声狞笑，40万赵国将士的冤魂长埋地底……

1979年10月1日，秦始皇陵兵马俑博物馆正式建成并对外开放。一时之间，国内外游客纷至沓来，秦俑馆成为中国文物旅游事业的一颗璀璨的明珠，成为对外开放的一扇窗口，秦俑的考古工作也跨入了一个全新的时代。

开馆20多年来，前往临潼参观游览的

国内外旅游人数以亿万计，其中不乏各国政界要人和文化名流，他们无一例外地被宏伟的秦军阵势所震撼，为高超的秦俑造型艺术所深深折服。而随行的各国记者和媒体，也将这一奇观飞速传播到世界各地，极大地扩大了秦俑的知名度。

特别要提到的是，现任法国总统的希拉克先生，是一位铁杆的“中国文物迷”。早在1978年任总理期间，他就迫不及待地来到考古工地。面对着气势恢宏的兵马俑群，希拉克感慨万分，他说：“世界上有七大奇迹，秦俑的发现，可以说是八大奇迹了。不看金字塔不算真正到过埃及，不看秦俑不算真正到过中国！”从此以后，世界第八大奇迹的美名传扬四海。

秦始皇兵马俑博物馆展览大厅。
上图1979年10月1日对外开放的兵马俑一号大厅
下图1989年9月27日对外开放的兵马俑三号大厅

美国前总统里根也是兵马俑的一位佳宾，在这里还留下了一段趣闻。那时是20世纪80年代中期，美国与前苏联冷战正酣，里根总统的中国之行意味深长，很明显，是为了联华制苏。因此，美国国内普遍认为，此行有讨好中国之意。恰巧就在这样的时机下，他走进了秦俑博物馆。看到坑内惟妙惟肖的兵马俑，生性恢谐的里根情不自禁地拍了拍马臀。没多久，这张里根总统拍马臀的照片，就在境外一家媒体的最醒目位置上刊登出来，并且还别出心裁地附上一条耐人寻味的标题——“里根总统拍中国马屁！”——一时成为笑谈。

丹麦女王玛格丽特二世，曾从事过多年的考古研究工作。在参观秦俑发掘现场后，这位美丽的金发女郎兴奋地说：“我搞了十几年的考古，也到过欧洲许多国家的考古工地，从来没见过这样振奋人心的场面！这里的一切，给我留下了永恒的记忆！”这既是对秦兵马俑的赞美之辞，也是对新中国蒸蒸日上的文物考古事业的由衷赞赏和钦佩。

兵马俑坑的发现还越过太平洋，秦俑登上了美国《国家地理》杂志的封面。《国家地理》使用了这样的标题——中国第一个皇帝的军队：不可思议的大发现。

秦始皇陵兵马俑的发现与发掘，向世人全方位地展示了秦代军队的风采，大到秦军规模、建制、兵种、装备，小到一个普通士卒的音容笑貌，无不鲜活灵动地呈现在我们面前。

栩栩如生的秦俑雕塑艺术，继承了我国历史悠久的现实主义传统，对汉唐以后的雕塑艺术产生了深远的影响。它填补了我国历史上的一段空白，催生了一门新兴的学术——秦俑学，为我们探讨秦文化乃至中国古代军事、建筑、雕塑、冶金科技的发展等，提供了一个崭新的研究空间。

丰富多彩的秦俑面相。这是一张张来自遥远时代的面孔，我们和它们，穿过两千多年的历史风尘两两相对时，终于找回了中国男人最早的脸——朴素、宏阔、刚毅、俊朗，它使如今一切浮浅、奢靡、卖乖、作秀的面孔相形见绌。

3.陪葬坑中的宫廷生活

按照“事死如生”的观念，古人认为，生前所拥有的财富，死后可以在另外一个世界继续享用，由此形成了我国古代极具特色的厚葬之风。

在秦始皇陵区内，分布着数以百计的陪葬坑，仅目前所发现的，就不下170座，其数量之多、规模之大，都是空前绝后的。

形形色色的陪葬坑内，埋藏着各式各样的实物和模型，反映了秦始皇生前的种种生活场景，再现了帝国鼎盛时期的繁荣景象，像车马厩苑、军旅衙署、兵备武库、角抵俳优、珍苑异兽等，无不隐现其中。

青铜之冠—铜车马

继兵马俑的横空出世，秦陵考古队憋足干劲，克服种种难以想像的困难，加紧在秦陵范围内的钻探和发掘。

1978年，佳音再次传来。考古队员在秦始皇陵封土西侧进行钻探时，在地下7米多深的土层中，探出了一个金光闪闪的金质马饰，根据其形状和花纹，专家认定该马饰为马络头上的一个金泡。

就是这一枚小小金泡的发现，揭开了发现秦陵铜车马陪葬坑的序幕。

考古工作者在发现金泡的区域重点钻探，终于探明了这里是一座平面呈“巾”字形的陪葬坑，探铲带上来的泥土中，还出现了一些青铜残片。这个“巾”字形大型陪葬坑，长、宽各 55 米，后来知道，它是秦始皇陵的一个车马房，铜车马就出土于其中。

消息上报到国家文物局，经批示，1980 年开始，考古队对这座陪葬坑进行了试掘。当掩盖在坑底的泥土被一层层清理干净后，所有的工作人员都被眼前的发现惊呆了——一组精美绝伦的大型彩绘铜车马赫然映入眼帘！

消息传开后，闻讯而来的，有陕西省委省政府的领导，有国家文物局、中国社会科学院的专家学者，他们赶赴现场进

铜车马出土状况。1978 年，考古工作者在秦陵封土西侧钻探到一处“巾”字形陪葬坑，为了解其性质，经上报国家文物局对这里进行了试掘。当清理到坑底时，两组大型青铜车马赫然出现在工作人员面前，这是继兵马俑之后，秦陵考古的又一重大发现。

一号铜车马。修复后的一号车全长225厘米，高152厘米，重达1061公斤，为原车型的约二分之一，由3000多个零部件组装而成。结构为双轮单辕四马，车舆为横长方形，横宽74厘米，前立御手，后部开门，上竖高柄铜伞。车马通体彩绘，马头上装饰有各类金银构件，高贵典雅。该车又名立车或高车，属战车性质，车身上装备有铜盾、弩弓、箭匣等武器。

行工作指导，并向中共中央宣传部提交了关于铜车马的提取、保护及修复的专题报告。最后由中宣部直接批示，将铜车马移至秦俑博物馆修复展出。

铜车马坑的发现，是继秦始皇兵马俑之后又一桩震惊全国的重大考古发现，它是我国目前所见到的时代最早、结构最完整、设计最巧妙、装饰最豪华的一组车舆，它模仿了当年秦始皇御驾出行、巡游四方的专车制作，由相当于原车二分之一的两辆车驾组成。

一号车又叫立车或高车，长2.25米，高1.52米，重达1061公斤。此车的乘者通常不设座，而是站立在车厢内。车舆前有御人掌控，车舆后辟有车门。这种车形为单辕双轮四

马，车上立圆形伞盖，还配备有铜质的弩弓、箭簇、盾牌和方壶等。

二号车又称安车或辒辌车，车厢为封闭式造型，乘者可随意坐卧在车厢内。此车通长3.17米，高1.06米，重1241公斤，也是单辕四马。车舆前端有一个跽坐的御人，车厢后端辟有车门，车厢左右和前端各开一窗，顶部为拱形伞盖，内配一个铜质扁壶和折页。这种车就是我们在前文讲到的秦始皇巡游天下所乘坐的"空调车"。整个铜车的制作工艺十分精密，镂雕成菱形花纹格的车窗启闭自如，金属鞍辔上雕有精美的花纹装饰，辔绳婉转灵活。整个车通体彩绘，工艺精湛，气魄恢宏。

二号铜车马。二号铜车马全长317厘米，高106厘米，重达1241公斤，也是原型的二分之一。结构与一号车相似，也是双轮单辕四马，但车舆为卧式全封闭的，御者头戴鹖冠，腰佩短剑，双手执缰，跽坐于车舆前，车舆上有龟背形棚盖，侧面开窗，后部开门，其内空间宽敞，坐卧随意。车马亦通体彩绘，镶金嵌银，显得富丽堂皇。该车又名安车或辒辌车，是秦始皇出巡时乘坐的主车。

一号车御手。立姿，高 91 厘米，头戴鹖冠，腰佩长剑，身着交领右衽长襦，脚蹬方口齐头翘尖履，身体微向前倾，双手握缰，神态恭敬。从服饰、冠饰和佩饰上看，两驾马车上的御手决非普通马夫，其地位都很高，相当于秦代的中高级官吏。

两辆车上的御手，都有相当高的级别，这从他们头戴的鹖冠就能看出来，其社会地位同兵马俑中的将军俑不相上下。俗话说宰相门下七品官，如果这两辆车上的御手都是秦始皇的车夫，那他们的品级恐怕还不止七品呢。

一号车御手呈站立姿态，身着交领右衽长襦，脚穿方口齐头翘尖履，腰悬长剑，双手前伸执缰，双目略下视，神情肃穆；二号车御手呈跽坐姿式，身着长衣，腰佩短剑，双手执缰，身体略向前倾，神态恭敬。

两车前的八匹马更是惟妙惟肖，它们个个昂首挺胸，气宇轩昂，头方背平，胸宽腿长，其身型正合古代《相马经》中的特征。《相马经》是中国古代一本专讲相马学问的书，其中有这样几句话："马头为王欲得方，目为丞相欲得明，脊为将军欲得强，胸为城廓欲得张，四下为令欲得长"，良驹体征在此一览无余。秦国的先人曾在我国西北高原为周天子放牧养马，他们对马的特性应该比其他人更为了解。这几匹为秦始皇拉车的马，就集中体现了秦人对马的认识。

二号车马头特写。铜马方头竖耳，双目前视，昂首挺胸，气宇轩昂。头戴金银络头，颈悬项圈，口衔金银缰索，形象逼真，装饰华丽。

在中国古代文献中，有关车马器的名称可谓名目繁多，令人眼花缭乱。在这组铜车马上，那各种类型的只闻其名难见其实的车马器零部件，都一一得到真实的再现，它为我们探讨秦代的车马结构、御驾出行、卤簿制度等提供了翔实的依据。

铜车马是我国乃至全世界金属铸造工艺中的一枝绚烂

金质当卢。车马器，为马额头上的装饰品，盛行于春秋战国至两汉时期。为凸显其尊贵，两辆铜车马上使用了大量金银构件和装饰件，仅二号车上的金银器件重量就达到了7300多克。

奇葩，其工艺之繁、体积之大，都是其他青铜器无可比拟的，因此享有“青铜之冠”的称号。

据专家研究，两辆铜车马结构相近，全部由7000多个零部件构成，金银饰件约占全部器件的一半以上。它的构件之繁杂、装饰之豪华、结构之精妙，都超乎了我们的想像。其中，最大的铜马重达230多公斤，而最小的销钉还不足1克，它充分展示了秦代的工艺制作水平。

为了修复这两件国宝级的艺术瑰宝，文物考古工作者付出了无数的心血。在全国数十个高等院校和科研机构的积极配合和协助下，秦俑博物馆先后历经了8年多的艰苦工作，终于在世人面前展现出这两辆焕然一新的青铜车马。

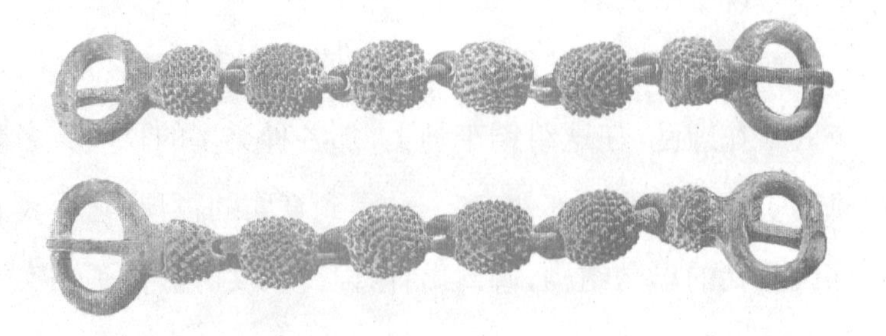

铜镝衔。车马器，为马嘴中的衔器，用带毛刺的小铜球连缀而成，两端圆环连接辔索，用于控驭烈马。

展出后的铜车马，立刻成为各新闻媒体和舆论追逐的焦点，它迅速成为了秦始皇陵园中的一颗璀璨明珠，被称为人类“奇迹中的奇迹”。

曲尺形马厩坑。位于陵园封土西南侧的内外城垣之间，东西长117米，南北长84米，宽6.8—9.0米不等，面积约1600平方米。此坑以真马殉葬，三马一组放置于盒状的木椁内，共计有数百匹马密集排列，其中一匹马口中发现有铜刀，说明是现杀后入葬的。坑中还发现十余件陶圉人俑。

京师厩苑——马厩坑

马，是古代征战疆场的重要战争资源，也是各类祭祀礼仪及帝王出行不可或缺的工具，因此历朝历代均有专门负责马政的官署衙门。

秦人的崛起更是与马息息相关。当周天子还在镐京统治着中国的时候，秦人部落就已经在王国的西北边陲专门替国王养马放牧了。秦始皇统一六国后，在京师内外设置了宫廷专用的厩苑，饲养了大量宝马良驹。在他死了以后，这位一生爱马的君主，也把这些爱物随之葬入地下，以供自己在另一个世界中继续使用。

截止目前，在秦始皇陵园内外，已发现的近200座陪葬坑中，用以葬马的马厩坑就占了一半以上，足见秦始皇对马的偏爱和重视了。

其中，规模最大的一座曲尺状马厩坑，位于始皇陵封土的西侧，正好处在陵园内外城垣之间，面积约1600平方米。经考古工作者的钻探和局部试掘，推测坑内可能埋藏着数百匹真马，经宰杀后，以三匹为一组，分别放置在盒状的木椁内，可以想见当年的场面是何等的蔚为壮观。

另外在陵园外城西南的上焦村一带，也陆续发现了98座马厩坑，它们呈南北向三行排列，占地面积约为7.5万平方米。这些马厩坑中埋藏的马匹都是真马杀殉。

陶罐。马厩坑出土。所有马厩坑中杀殉的都是真马，马头前往往放置陶盆、陶罐、陶灯以及铁锸、铁镰类饲养用具或工具，有些器物上还刻有“大厩”、“中厩”、“宫厩”、“左厩”等铭文，充分说明了这些马厩坑象征的是京师厩苑。

在马厩坑中，还出土了一定数量的喂马器具及工具，有些器皿上还刻有文字，如有“大厩”、“中厩”、“宫厩”、“左厩”、“右厩”等陶文，专家分析这些马厩坑应该是秦王朝中央厩苑的反映。

在这些马厩坑中，还发现了一批陶俑，可分为立姿和跽坐姿两种类型，它们是专门负责管理和饲养马匹的“圉人”，这在文献中是有记载的。

立姿陶俑见于曲尺形马厩坑中，身高 1.8—1.9 米，头戴长冠，身着长襦，双手拢于腹前，神态肃穆，似为管理马政的中下级小吏。

跽坐俑见于上焦村马厩坑，头后绾圆髻，身着右衽长襦，双手抚膝，神情恭顺，身前放置陶灯、铁锸、铁镰等工具，应为饲养马的仆役。

秦人对于马匹的选择是有严格规定的，这得益于他们对

立姿陶圉人。曲尺形马厩坑出土，形体较大，身高 190 厘米，头戴矮冠，身着长襦，头微前倾，双手拢在腹下，神情恭谨，应为管理马政的低级官吏。

跽坐姿圉人。上焦村马厩坑出土，高 70 厘米，发型中分，头后绾圆丘形发髻，神态恭顺，身着右衽交领长衣，双手抚膝作跽坐姿。此类圉人地位低于立姿圉人，属于普通饲养人员。

兵马俑坑马俑出土状况。秦俑坑中的马俑都是以现实生活中京师厩苑中的真马为蓝本塑造的，其形象生动，造型逼真。这几件陶马虽然只清理了一半，但灵动的神韵早已浮出地面，只待神来之笔就可脱缰而出。

马的深刻了解。在秦始皇兵马俑坑，考古人员对 100 多匹秦军的陶土战马测量了身高，他们惊奇地发现，所有的战马高度都统一为 1.33 米。史书上说：秦军选择战马的第一个条件是马的高度必须达到 5 尺 8 寸，5 尺 8 寸正好是今天的 1.33 米。

“马背上得天下”是一句象征性的用语，它象征着通过武力征服来取得政权。从这个意义上讲，大秦帝国的天下，不正是通过那一匹匹深埋地下的战马驮载出来的吗！

皇家园囿——珍禽异兽坑

秦始皇不仅好大喜功，同时也是一个追求奢靡享受的帝王。史书记载，秦始皇在全国范围内兴建了诸多的山林园囿，放养了大量珍奇野生动物，以供骑射游猎之娱，其中最有名的，是京师附近的上林苑和宜春苑。令考古学家惊奇的是，此类反映帝王游乐生活的场面，竟然在秦始皇陵园内外的陪葬坑中也找到了踪迹。

早在20世纪70年代，考古工作者就在陵园内外城垣之间的曲尺形马厩坑以北，又发现了31座小型的陪葬坑。它们呈南北向分三排排列，中间一行的坑内，放置了一个长方形的瓦棺，棺内埋藏有鹿、麂类食草动物，以及禽类和一些杂食动物的骨骼，东西两行的坑内，还发现有类似圉人的跽坐圉人陶俑。此俑身着高领右衽长衣，双臂曲至膝上，双手握拳，与埋有珍禽异兽的陶棺构成一个整体。

1996年春，秦陵考古队还在外城东北700余米处发掘了一座全木结构的地下式建筑，坑呈“甲”字形，总面积约300平方米，除了出土许多陶俑残片和少量青铜器物外，引人注目的是发现了10余种飞禽走兽和鱼鳖类动物骨骼，种类有猪、羊、狗、獾及类似于鹤的大鸟。

有关这些陪葬坑的具体性质，目前在学术界还有很多争议，但大家普遍认为，它们可能象征着秦始皇生前宫廷及园囿中豢养的珍禽异兽。这些陪葬坑，或许是专门为秦始皇灵魂进行游猎活动而特设的。

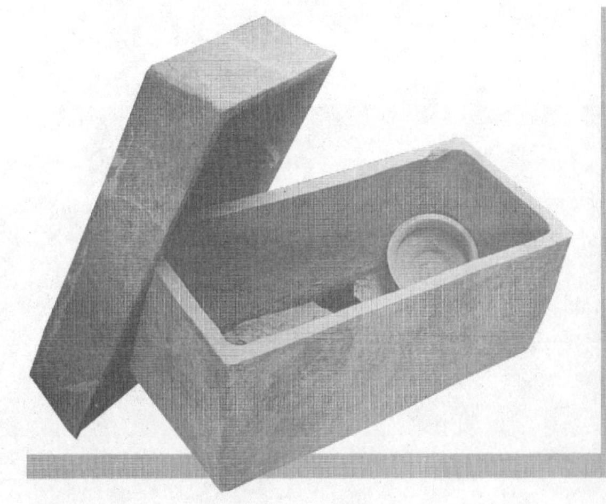

陶棺。珍禽异兽坑出土，棺内埋藏鹿、麂类动物骨骼，还有陶钵、铜环等器物，两边为负责驯养的跽坐姿“圉人”俑。一般认为，这里陪葬的是秦代京城附近皇家园囿中的珍稀兽鸟，供秦始皇在另外一个世界游猎赏玩。

惊人的地下武库——石甲胄坑

时光飞逝，转眼已进入20世纪90年代。这个时期，老一辈的考古学家逐渐淡出了现场工作，一批受过良好教育且具备较高专业素质的年轻学者相继走上了秦陵考古的第一线。他们在坚持考古学传统理论与方法的同时，还发扬自己的专长，借助各种高科技手段，辛勤劳作在骊山渭水之间，不断谱写出秦陵考古的新篇章。

石铠甲出土状况。1998年，秦陵考古队在封土东南钻探到一处面积达13000余平方米的大型陪葬坑，经过小范围试掘，出土了百余件(套)石质甲胄，填补了我国古代武器装备史上的一项空白。

那是1996年6月的一天，一个酷暑前难得的清爽日子，北京大学考古专业的几名学生来到秦始皇陵实习。在很随意的一铲中，他们似乎发现了一些微小的变化——在这一铲的泥土中，隐隐约约地可见到一些红烧土与木炭灰的痕迹。

红烧土与木炭灰是考古工作的指南针，它们是高规格陪葬坑的标志。难道说，又一个兵马俑坑将在他们的手中出现？

学生们顿时兴奋起来。

秦陵考古队经

过细致的勘探工作，他们在皇陵封土东南的内外城垣之间，发现一处面积达13000平方米的大型陪葬坑，这是目前在秦始皇陵园中所见最大的陪葬坑，也是整个陵区范围内仅次于兵马俑一号坑的第二大陪葬坑。

考古人员精心地挖开了一个153平方米的小坑，这个面积仅相当于全坑面积的百分之一强。令人们大为不解的是，这个坑内并没有兵马俑，而是摆满了数以万计的制作精良、形式多样、保存完好的石质铠甲。就在这么一个小小的区域内，就层层叠叠地出土了石质铠甲87套、石胄(头盔)43顶、石马缰残件共三组！

石铠甲提取现场。为科学系统地整理这批资料，考古工作者采取了套箱提取、室内清理的方式。首先对每片散甲进行编号记录，确认位置，然后制作一种特殊的木箱，将铠甲所在区域全部套入箱内，经加固后用机械起吊，整体搬迁到室内再进行细致入微的清理。

这是一个什么性质的陪葬坑？坑内为什么只有石甲而没有人呢？

经过考古工作者的精心发掘和修复，这批珍贵的石甲胄已完整地呈现在世人眼前。

根据甲片特征和穿缀方式，铠甲可以分为三大类：

第一类是鱼鳞

甲，只有两套。甲片细小平整，上方下弧，加工细致入微，铜丝连缀，外观流畅无凹凸痕，每套用甲片当在600片以上，可能是级别较高的军吏甲装。

第二类是札甲，占总数的97%以上，形制多样，有些只有前后身甲，有些则有左右披膊。它的甲片较大，多呈长方形，表面外凸呈一定弧度，整套札甲需用甲片600多片，可能为一般士卒所用。

石胄。俗称头盔，由71件不同形状的胄片拼缀而成，顶部呈圆弧状，各层胄片由上向下、由前向后逐层叠压，下颌处是由铜钩和铜环组成的开合装置，整体线条流畅，简洁大方。

第三类是特大型甲，仅见一套。甲片厚大，多数宽达10厘米以上，结构与形状和人甲明显不同，整套用甲片当在300片左右，经过模拟复原，专家推测极有可能是马的铠甲。如果这个结论成立，那么它比文献中记载的东汉时期“马铠”的出现，将要早出整整400多年！

那43顶石胄的出土，也同样引起人们的极大关注，这一发现改变了以往认为秦代“有甲无胄”的看法。石胄的结构简朴实用，由一件圆形顶片和各种类型的侧片穿缀而成，顶端有红缨类的装饰，下部护颈处还有用作钩合封闭的铜钩和铜环，既美观大方，又有很强的防御能力。同时，考古人员也希望能找到甲衣的制作方法。

一件石质甲胄的制作，需要经过选取石料、加工粗坯、打磨、钻孔以及磨光和编缀连接等多种工序才能完成。

先来说切割。运用现代的切割手段，最小可以将石片切至 0.5 厘米，可是甲衣上石片的厚度大多只有 0.3 厘米。在秦人时代，机械化的批量加工是难以做到的，要想做出这样精细的石甲片，只能用手工一片片地磨制。

解决了甲片的制作问题，考古人员还面临更为关键的一关：古人是如何在甲片上打孔的？

这种石灰石材质极脆，在打孔中十分容易碎裂，只有通过不断地浇水，才能保证工作顺利进行。通过这样的工序，3 名考古人员整整用了三个月的时间，才完成了一件 600 片甲衣的制作。于是人们计算出，如果这 13000 平方米的大型陪葬坑内埋藏的全部是石铠甲，那么至少需要 3600 人干上整整一年。

此外，通过对石材的比较研究，考古学家认定，制作甲胄的石料应该是从渭北富平、蒲城一带山区长途转运而来的。

石甲完全由手工磨制而成，一位工匠做一件这样的甲衣，大概要用上近一个月的时间。秦始皇为什么要耗费如此大的人力和物力去制造这些没有实战用途的甲衣呢？结论只有一个，这些石甲衣与兵马俑一样，只是秦始皇陵墓的冥器。

石铠甲。经专家复原，这套石甲由主体、左披膊、右披膊、前摆、后摆五部分组成，理论应用甲612片，现存512片，总重量约18公斤。其制作要经历选料开片、琢磨钻孔、抛光编缀等多套工序。石制甲在我国尚属首次发现，这为考古学家提出了新的问题，石质甲胄从功能上讲显然不足以护体，那么它们究竟有什么特殊功用呢？

有专家推断，兵马俑是始皇帝的地下军团，而石甲坑正是这个军团的武备库。用8000陶兵陶马做护卫，以上万件石甲衣为武备，自人类抒写文明史以来，再没有哪一位帝王能有如此大的手笔。

然而，秦始皇的真正用意是什么呢？有专家认为，这8000兵马面向东方，随时准备出击。如果东方六国的君主在阴间反抗秦国，这些军队，将用来与叛军进行决战。

秦始皇的真正用意是，生可以横扫六合，死也要一统冥界，在阴间做千秋万世的大皇帝。

丰富多彩的宫廷娱乐——百戏俑坑

继地下武库的试掘之后，考古工作者在石铠甲坑南40余米处，又发现了一处长70余米的地下坑道式土木结构陪葬坑，坑内面积约1000平方米，由东西向的三条过洞构成。

在发掘过程中，考古队员意外地在过洞顶部棚木之上发

百戏俑出土状况。1999年3月中旬，秦陵考古队在对石甲胄坑进行复探时，意外地在其南部发现了一处平面呈“凸”字形的陪葬坑，面积约1000平方米。经工作人员的精心清理，一批姿态生动、造型独特的彩绘陶俑映入眼帘。

现了一件保存完好的青铜鼎，通高约61厘米，重212公斤，鼎身遍饰以繁缛的蟠螭纹，鼎足作兽足形，整体造型庄重典雅，当为秦国宗庙的传世重器。

青铜鼎。百戏俑坑棚木上方出土，通高61厘米，重212公斤，器型呈横椭圆形，子母口，竖耳，兽蹄形足，腹部饰两周蟠螭纹。此鼎造型精美，纹饰华丽，是目前在秦陵范围内发现的最大的铜鼎，当属秦代宗庙礼仪的重器。

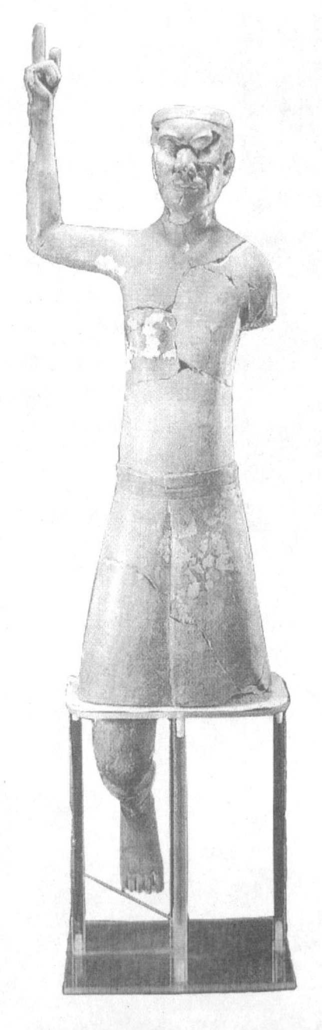

2号百戏俑。此俑通高163厘米，左臂与左腿残，面相严肃，双目前视，唇上留“八”字须，脑后梳圆髻。体态纤细，上身赤裸，下身着短裙，右手上举过肩，拇指和食指朝天，右腿作曲跃状，局部残存有白色彩绘和黑色生漆层。

而最让考古工作者惊喜的是，在坑底发现了11件彩绘陶俑，这批陶俑既不同于兵马俑的威武雄壮，也与马厩坑中端庄恭顺的“圉人”有异，而是一群姿态各异、服饰奇特的特殊人群。从已修复的数件彩绘陶俑看，它们均上身裸露，下身穿短裙，腰部束带，赤足而立，身体上残存有白粉及彩绘痕。

1号陶俑头部残失，现高152厘米，体格匀称，双腿直立，两手在腹前交叉，右手握左腕，左臂上戳印有“咸阳亲”三字。

2号俑体态纤细，高163厘米，头后梳圆髻，

2号百戏俑头部特写

右手曲举过头，拇指和食指向上伸展，右腿作曲跃状，似为杂耍艺人。

3 号和 5 号陶俑形体高大魁梧，身高在 180—200 厘米之间。前者右臂高举，左手握持腰带；后者双手在腹下握裙摆，俨然一幅角斗力士形象。

像这种类型的陶俑在秦始皇陵园范围内还是首次发现，在礼法严格、规制肃穆的帝王陵寝内，怎么会出现造型如此怪异的陪葬俑呢？考古学家一时又陷入了沉思之中……

通过查阅浩如烟海的古代文献，并对秦人特有的生活习俗进行详

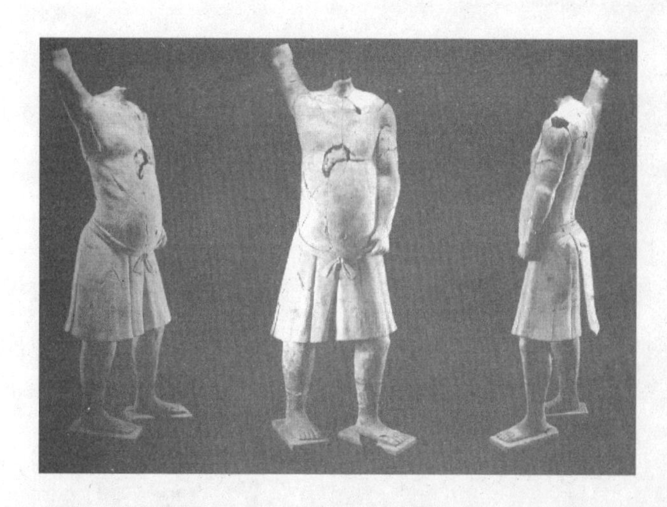

3 号百戏俑。残高 162 厘米，头部残失，体躯高大魁梧、肌肉发达，上身赤裸，腹部前鼓，右手高举，左手握腰带，下身着短裙，左足前迈微曲，右足直立，脚踏板上有刻划的“高”字陶文。彩绘大多已脱落，右上臂残留丝织物印痕。

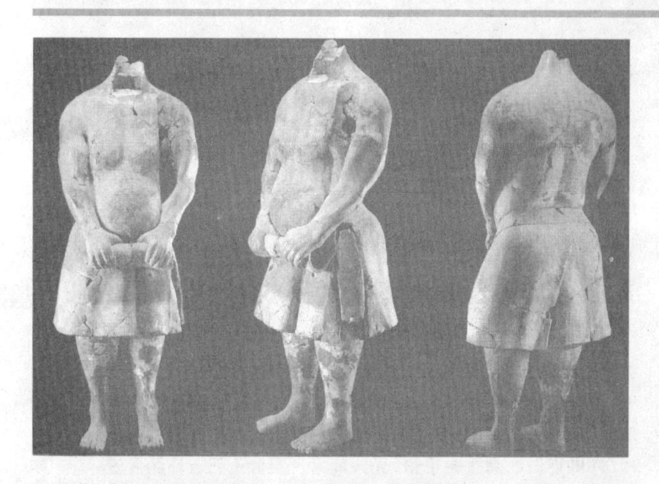

5 号百戏俑。残高 172 厘米，头部残失，体格健硕、鼓腹撅臀，上身赤裸，下着短裙，腰束革带，双手在腹前握卷筒状的“前搭”，双腿粗壮，直立于方形踏板上。经专家考证，此类形体特殊的彩绘陶俑反映的正是秦代宫廷中盛行的“角抵俳优之戏”。

细的考证后，专家们发现了一个奇特的现象：春秋战国以来，秦国的许多先王对攀杆、扛鼎、技击等竞技类活动甚感兴趣。其中有一个典型的例子，就是秦武王喜爱杂戏，重用大力士孟说、任鄙、乌获等人，并与孟说比试扛鼎，结果折断胫骨而一命呜呼；秦始皇扫平六国后，更是将各地杂耍伎乐之徒齐聚咸阳，统称为“角抵俳优之戏”，并将“角抵”列入检阅军队的项目。一度被视为雕虫小技的杂耍角抵之戏，从此登上了大雅之堂，时常出现在朝殿宴饮、军队演练的行列中。

秦武王举鼎。秦武王是一个喜欢与大力士角力为戏的君主，一天，他带着力士孟说等人来到周天子居住的洛阳，进入周室太庙，见到神州九鼎，一时技痒，问守鼎吏可曾有人将鼎举过头顶，守鼎吏说此鼎重逾千钧，无人能举。秦武王回首环顾孟说等人，孟说等皆畏缩不前。秦武王便走上前来，力发双臂，暴喝声中，宝鼎被举离地面半尺。不料力尽失手，宝鼎坠地，秦武王右腿被砸得粉碎，昏死在地。当晚，呕血数斗后死于馆驿。此图取自清刊本《东周列国志》。

根据以上事实，这批陶俑应是反映秦代宫廷娱乐的百戏俑，其形象生动再现了当时乐舞杂技、摔跤角斗的场面，是研究先秦以来宫廷流行的角抵俳优文化弥足珍贵的实物资料。

神秘的地下衙署——文官俑坑

2000年至2001年，秦始皇陵考古队在陵园封土西南约20米处，揭露出一个内涵新颖的陪葬坑。该坑平面呈“中”字形，由斜坡门道和前后室组成，总面积410平方米，也是一座地下坑道式土木结构的建筑。

在坑道前室，出土了一辆单辕双轮木车和12件与真人大小相似的陶俑。木车位于门道入口处，虽已朽蚀，但车辕、车轮、车辐、舆底及方格状木栏的残迹仍清晰可辨。12件陶俑有4件是御手俑，另8件俑双手拢于腹前，并排肃立。在前室东南角，还发现了4件青铜钺和1件大型陶罐。

文官俑出土状况。2000年，考古工作者在秦陵封土西南角，揭露出一个全新内涵的陪葬坑。此坑面积约410平方米，由斜坡门道和前、中、后室构成，坑体顶部由扁平长方形棚木封闭，上盖芦席。经过清理，前室出土一辆双轮木车、12件大型陶俑和青铜钺、陶罐等器物，后室埋葬约20匹马。

后室中，埋葬着大量的马匹，因早年地层多次受洪水冲蚀，马骨凌乱不堪，据排列密度估算，坑中至少埋有20匹马。

值得注意的是，那12件大型陶俑，均头绾扁髻，戴双版长冠，身着右衽长襦，腰系菱形革带，下穿长裤，足蹬平头方口翘尖履。8件袖手俑的腰部，还悬挂着削及砥石类的文具，表情端庄，神态威严。

此类陶俑既不是具有军事性质的兵马俑，也与“圉人”和百戏俑在地位上有天壤之别。它们头上戴的双版长冠，在秦代至少标志着八级以上的爵位，属于高于县令的上爵。把他们陪葬在秦始皇的身边到底意味着什么？

文官俑坑出土大型陶俑12件，包括8件直立俑和4件御手俑，高182—189厘米，均头梳扁髻，戴长版长冠，神态专注，表情肃穆。身穿交领右衽长襦，腰束革带，悬挂削、砥石类文具，下身着长裤，足蹬平头方口翘尖履，立于方形踏板上。多数学者认为，这些陶俑应该是象征着秦中央衙署的官吏。

司马迁在《史记》中写道，陪葬着秦始皇身边的有“宫观百官”，那是一些什么人物呢？这批陶俑的出现使人们的疑惑乍现曙光。这是一些级别较高的文官，并且集中出现在一个地点，初步分析，这里可能代表着某一处官署衙门。

秦代中央政府中，设置有三公九卿，它会属于哪一类机构呢？这些沉寂千年的陶俑能告诉我们历史的真相吗？

经验丰富的考古学家并没有把探寻的眼光拘泥在默默无语的陶俑身上，而是敏锐地将注意力投向了厢房一角的4件青铜钺上。

钺是上古时期一种类似于斧的武器，后来逐渐演变为象征地位和权力的礼仪用品。到了以法治国的秦代，钺就成为强权和法治的标志，执钺者代表着法律至高无上的尊严，因此这个陪葬坑，应该模拟的是秦代中央衙署中主管监狱和司法的廷尉制度！

木车舆遗迹。位于文官俑坑前室，在斜坡门道入口处，大部已朽，经考古工作者的细心清理，可辨为单辕双轮车，舆底呈网格状，侧面有方格状护栏，车辕后部还发现车辐和车轮痕迹。

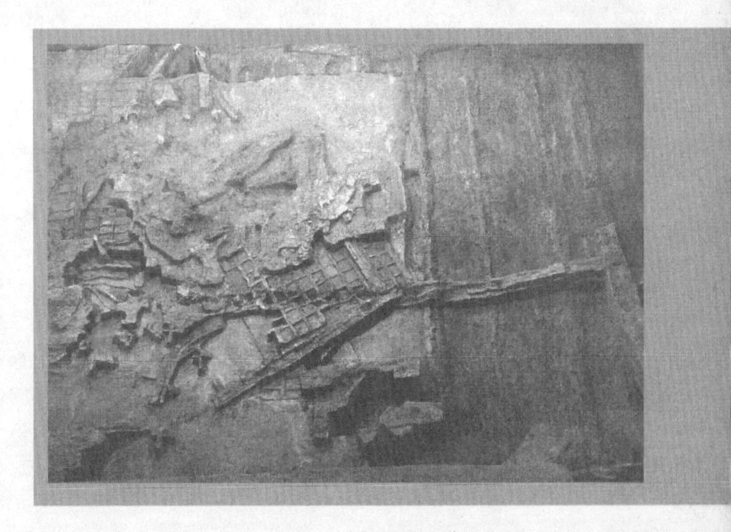

秦始皇以法治国，秦朝的刑律之重为历朝历代之首。在湖北省云梦县发现的秦代竹简中记录到，如果士兵不能按时

归还政府的借贷，就要依律问斩。推行严历的法律，是秦始皇治国的根本重策。始皇帝把这个依为左右手的政府部门带入地下，当然是要在阴间继续推行他以法治国的理念。

秦陵七号坑发掘场景。2001年—2003年，秦陵考古队陆续对位于陵园东北的七号坑进行了几次发掘，揭示出一处全新文化意蕴的陪葬坑，获得了丰硕的成果。秦陵七号坑中，先后出土大型青铜禽鸟46件，陶俑15件，银、铜、骨质小件器物260余件，极大丰富了人们对秦始皇陵外藏系统及陵寝制度的认识。

奇观再现——秦陵七号坑

新世纪的秦陵考古工作，在社会各界的关注下不断取得新的突破，每一次新的发现和收获，都给世人带来新的惊喜和更多的期待。近年来，对秦陵七号坑的发掘，是秦始皇陵园考古工作的最新成果，为我们展示了两千年前不为人知的宫廷生活的鲜活的一面。

陈王村，是秦始皇陵园东北约一公里处的一个小村庄，秦陵七号坑就位于这里。村民们在挖坟时偶然发现了它，秦陵考古队先后两次对这个陪葬坑进行了系统的发掘。

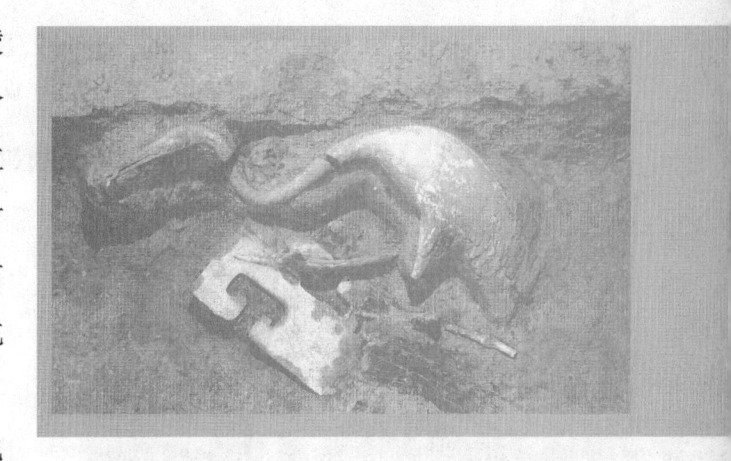
青铜鹤出土状况

该坑平面呈“F”形，也是地下坑道式土木结构，由一条斜坡门道、两条南北向过洞和一条东西向过洞组成，总面积约978平方米。

东西向过洞为长条形，中央有一道象征性的河流，河道两侧为垫高的夯土台。给人们以惊喜的东西就发生在台上。在这里，卧伏着40余件与实物大小相等的青铜禽鸟，其种类有仙鹤、大雁、天鹅等，形象逼真，姿态各异。

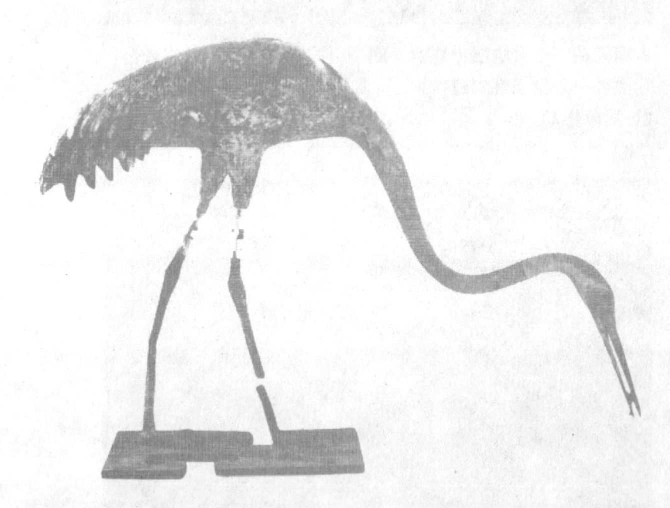
修复后的青铜鹤。七号坑共出青铜仙鹤6件，体型矫捷优美，刻画细致入微，神态栩栩如生，是难得一见的艺术珍品。特别是其中一件，双足前后分立，俯首曲颈，尖喙中叼啄着一只小虫，鲜活地表现出水中觅食的瞬间形态，具有强烈的艺术感染力。

6件仙鹤均站立在方形镂空云纹踏板上，曲颈长喙，体态优美。其中一件双足分立，伸颈低头，尖喙还叼啄着一只青铜小虫，生动地再现出仙鹤水中觅食的瞬间动态，堪称极品。

青铜天鹅。七号坑出土青铜天鹅20件，形体健硕，或立或卧，均围绕中心象征性河道排列，有曲颈作觅食状，有伸颈作汲水状，形象生动。

20 件青铜天鹅或立或卧，体形肥硕，双翅交叠尾后，或曲颈作觅食状，或伸颈于河道中作汲水状。

20只大雁则整齐地卧伏在河道两侧的夯土台上，体态浑圆，比例协调，双翅叠置于背后，昂首曲颈，神态悠闲自在，均面向中间象征性的河道。

俑头出土状况

在南北向过洞及其附属的厢房中，发现有15件与真人大小相仿的陶俑，可分为坐姿和跪姿两种。

坐姿陶俑头戴软帽，唇部有“八”字须，身着长襦，腰部系带，足部穿袜，双腿前伸平坐于地，上身略向前倾，双手搭在膝上，左手掌心向上，右手掌心朝下，原来可能握持有工具，现已残佚不明。

跪姿陶俑服饰装束与坐俑相似，只是姿态更为奇特，它们双膝跪地，上身前倾，头部微向下低，左臂下垂，手指并拢紧贴腿侧，右手上举作握持状，原先也应拿着某种器具。

从这两类陶俑的服饰姿态及表情来看，他们的身份和地位类似马厩坑中的“圉人”，应该是看护喂养皇家园囿中珍禽异兽的仆役。

秦俑七号坑的文化内涵令人耳目一新，极大地丰富了学术界对陵园埋葬制度和体系的认识，再次让人们领略到秦始皇陵的无穷魅力。

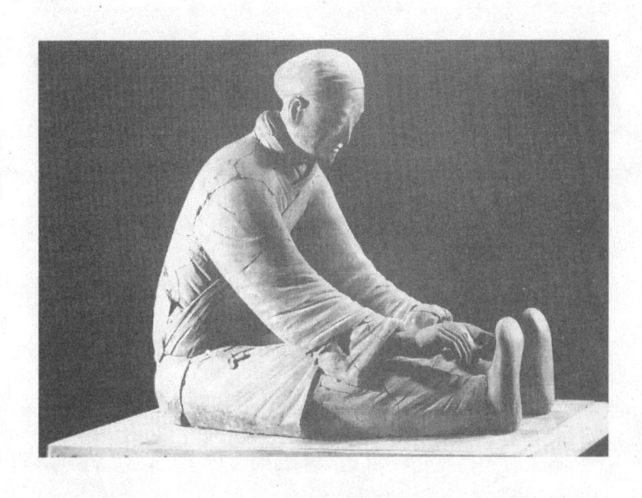

坐姿陶俑。七号坑出土15件陶俑，其中箕踞（坐）姿8件，跽（跪）姿7件，均为负责管理饲养禽类的圉人。箕坐姿陶俑头戴软帽，双腿向前平伸，上身前倾，腰部束囊袋形物，双手前伸作执物状。

跪姿陶俑。跪姿俑应为仆役劳作姿态，其形象为头戴软帽，双膝跪地，颔首低头，面容恭顺，右手上举过头作握持或抛洒状，左手自然下垂贴在左膝上。

4. 同是天涯沦落人

古代帝王的陵墓周围，往往有形形色色的陪葬墓，这些陪葬者的身份五花八门，从俘虏、奴隶、近侍到妻妾、大臣等不尽相同。然而随着时代的发展，陪葬者的性质、方式也在发生本质的变化。

早在夏商奴隶制时期，奴隶主贵族死后，常把生前服侍自己的奴婢、近臣杀死后殉葬。一些高级贵族墓中，有时会有数十具乃至上百具杀殉者的尸骨。后来，随着社会的进步和人本思想的逐步确立，统治阶层意识到，这种行为会严重破坏当时相对匮乏的社会生产力，所以，以各种形式的俑代替活人殉葬的习俗逐渐占据了上风。到了汉唐时期，帝王陵墓周围，陪葬的大多是功臣勋亲和后妃，他们通常都是死后才被埋入墓地的，有时候他们中有人先君王本人而故去，就被先葬入陪葬墓中。如我们熟知的汉武帝茂陵周边，就有卫青墓、霍去病墓；在唐太宗昭陵附近，有李靖墓、魏征墓、尉迟敬德墓等。这个时期，能够陪葬于帝王陵园内是一种莫大的荣耀。

从春秋战国到秦统一的几百年间，正是中国古代陪葬制度发生重大变革的时期，秦人的历史可以让我们一窥这个变化中的过程。

古代的文献记录说，春秋时期独霸西戎的秦穆公死后，从葬者达177人，其中包括著名的贤臣奄息、仲行和针虎，秦国的百姓非常哀伤，特地作了一首《黄鸟》诗以追悼三人。当时就有贤者指出，这种夺民所爱、以贤良从葬的行为，已严重损耗了国力，所以秦国虽处于西霸戎狄、东败强晋的大好形势下，却始终无法再度东征，像齐桓公、晋文公那样登上诸侯霸主的宝座。

位于陕西凤翔的秦公一号大墓，是目前唯一经过考古发掘的秦国君主墓葬，初步确认墓主人是春秋末年的秦景公。大墓通长约300米，深达24米，墓室内共殉葬186人。这些殉葬者的地位尊卑非常明显：近臣侍从盛殓于枋木黑漆棺椁中，随葬品有精美的玉璜、串珠等；而等级低下的奴隶，则被收葬在薄木匣里，仅随葬简单的生产工具。

战国以来，特别是秦孝公任用商鞅变法之后，秦国逐渐开始限制以活人殉葬的陋习。但由于秦人传统的保守思想作祟，这一制度始终没能完全废止，因此我们才在秦始皇陵园内，既可以看到大量的各类陶俑，也可以看到不少活人生殉的现象，它反映出传统陪葬体系和新兴思想在此复杂的交汇。

直到汉代，人殉制度才最终被明令禁止，而以秦俑为典型代表的新兴陪葬习俗，到那时才得以正式确立和普及。

陵园内的陪葬墓

在秦始皇陵区范围内，考古工作者共发现了9处400余座陪葬墓，其中约有三分之一位于陵园内外城垣间。这些墓葬虽然没在经过考古发掘，但从它们的位置、规模、形制等多方面分析，墓主人应该是那些与秦始皇关系亲近、地位较高的人。

例如，紧贴封土西北方，有一座平面呈“甲”字型的大墓，大墓带有长斜坡墓道，墓室长宽约15米，距地面深达6米多。在考古钻探时，曾发现有色彩鲜艳的红色漆皮和板灰，表明其葬制规格是很高的。根据文献的相关记载，专家们普遍认定，它应该是秦始皇之子公子高墓。

历史记载说，当年秦二世胡亥阴谋篡位后，自知名不正言不顺，唯恐宗室子弟对自己的合法性提出异议，于是听从赵高谗言，对自己的同胞兄姊残酷迫害，滥加杀戮。面对此险风恶雨，公子高无奈之下主动上书，表示愿为始皇殉死从葬，以求能够保全家人。当是时，胡亥正担心自己的倒行逆施遭天下人非议，接到这封上书后喜出望外，立即赐钱十万，将公子高厚葬于始皇陵旁，并表其贤名，以掩盖自己诛杀骨肉的恶名。

在秦始皇陵内城东区的一个封闭的独立小院内，呈南北向密集分布着三列墓葬，总数为33座。这些墓葬的形制有竖穴土圹墓和洞室墓两种，均坐北朝南，一般的深 3—5 米，最深者可达 10 米。由于这批墓葬都未经发掘，其性质还不很明确。这一墓区紧临始皇陵地宫，布局独立，与其他建筑遗址和陪葬墓截然分离，应该有其独特之处。司马迁记述说，始皇帝死后，秦二世将后宫中未生育子女的妃嫔尽数杀殉，因此许多学者推测，这里可能正是后宫嫔妃的从葬墓群。

另外在陵园西侧内外城垣之间，还发现了 60 余座陪葬墓，总占地面积约 7200 平方米。墓葬排列有序，大小不等，深浅不一。最令考古学家疑惑不解的是，从钻探结果来看，这批墓都是未埋人的空墓！这是为那些未亡的勋亲权贵预留的陪葬墓？还是另有别的什么特殊用途？伴随着秦末农民起义的烽火烈焰和秦王朝的覆灭，这一切将永远是个谜。

公子王孙今安在——上焦村陪葬墓

史书记载:秦始皇在第五次巡游天下途中病死于河北沙丘，内宦赵高胁迫重臣李斯篡改诏书，赐死远在北境抵御匈奴的皇长子扶苏和名将蒙恬，将昏庸无能的幼子胡亥扶上帝位。

赵高等虽如愿以偿地实现了计划，但也深知沙丘的阴谋是不能瞒天过海的，远在京城的诸位公子及大臣们尽皆疑惑。为铲除异己、把持朝政，于是他向秦二世建议，要“灭大臣而远骨肉”，这种残酷的杀戮行动从秦二世登基的当年就开始了。二世元年春，国家重臣蒙毅等无辜被诛，一时间，腥风血雨遍及朝廷内外。皇室内部，有12位公子被百般凌辱后腰斩于咸阳街市，10位公主被活活地肢解；他们的财物被尽数没官，受株连而治罪者不可胜数。也正是在这种白色恐怖之下，才有了公子高自愿为父皇嬴政殉死从葬的上书。而最令人喷饭的是，当初与赵高共谋的李斯，最终也被以谋反罪灭了三族。

在中国古代的宫廷争斗中，骨肉相残的事虽时有发生，但像秦二世胡亥这样毫无人性、不分青红皂白地对宗族兄弟痛下毒手的举动还是鲜见的，甚至连对自己统治并无威胁的公主们，也被施以如此令人发指的酷刑，其残暴的个性更胜于禽兽。最可叹那些平日锦衣玉食、享尽人间荣华富贵的公子王孙们，那些花团锦簇、千娇百媚的公主们，可能做梦也不会想到会有如此一个悲惨的结局！

上焦村，位于秦始皇陵园以东350米处，1976年10月的一天，考古工作者在这里钻探时，发现了17座呈南北向排列的墓葬。他们随即对其中的8座墓进行了发掘清理，结果显示，这是一批规格普遍较高的墓葬。

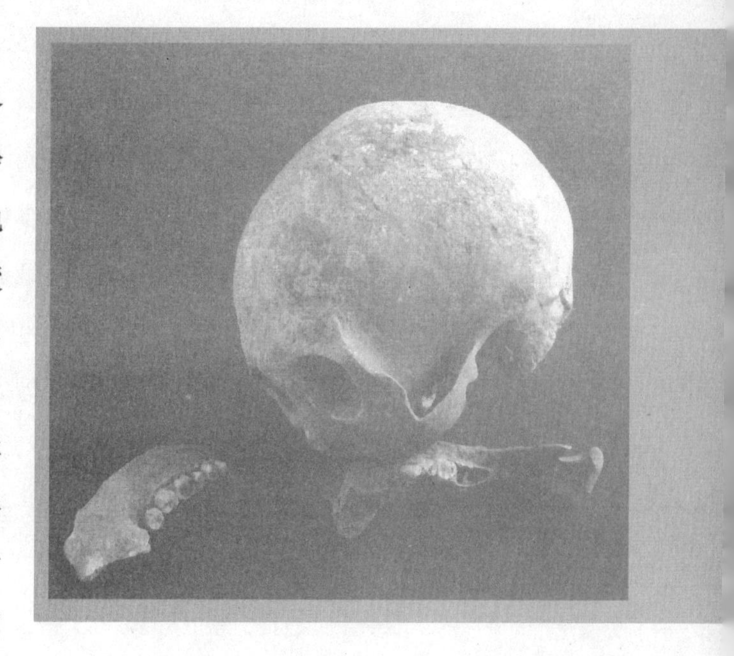

上焦村陪葬墓出土的头骨标本。该墓主人先被射杀，然后被肢解，耳旁还嵌有铜箭头，死状极为悲惨。

在已清理的墓葬中，除一座是空墓外，其余各墓的主人有男有女，年龄大约在20—30岁之间。他们都有棺椁殓身，有比较丰厚的随葬品，甚至还出土有银器、青铜器和玉器。一件银器上刻有“少府”字样的文字，尤其让人振奋的是，还出土了两方刻有“荣禄”、“阴嫚”字样的铜印，这更加表明，这些墓的主人决非寻常百姓，甚至也不是一般官宦可以比拟的。

当时，令考古队员异常困惑的是，这些高贵而年青的死者都非自然死亡，他们有的身首异处，有的四肢分离，有的被箭镞射杀，有的腭骨交错，显然是被缢杀身亡的，可见他们一个个都是死于非命，命运异常悲惨。

后经查阅文献多方求证，多数学者认为，这批墓葬中埋葬的，恐怕就是被秦二世杀害的公子公主们。更有学者大胆推测，那座随葬品级别最高、却又未葬人的空墓，很可能是赐死在上郡的始皇长子扶苏公子的衣冠冢！

骊山下的累累白骨——修陵人墓

秦始皇陵是中国古代帝王陵墓中规模最为宏大的一座，陵园建设历时38年尚未最后完工，曾先后征调了数以百万计的人力，国力物力的消耗难以计数。

秦始皇统一六国后，工程最盛时从全国征发70多万劳力，其中有大量服徭役的农民，也有刑徒、奴隶及官府或民间的手工业者。繁重的劳作和严厉的刑罚，导致了大批役工客死他乡。与帝王将相重棺累椁、含珠抱玉相比，这些身份低下的役徒死后，甚至还得不到一张裹尸的草席！

20世纪70年代以来，考古工作者在秦陵封土西面的姚池头村、赵背户村及五砂厂附近，先后发现各类修陵人墓300余座。墓葬均为长方形竖穴土坑墓，大小不一，最小的仅长

早年发掘的修陵人墓

1米左右，构建极其简陋。那些稍大一点的墓中，往往堆积着多具骨架，白骨层层叠压。甚至有一座墓室中，竟杂乱地埋葬了14具人骨！

在赵背户村已清理的32座修陵人墓中，出土骨架100具，大多数墓中没有任何随葬品。

引起学者浓厚兴趣的是，在修陵人墓中，还发现了18件瓦文墓志，字体为小篆，虽然只是简单地在残瓦片上刻划出墓主人的姓名和籍贯，但专家们却从中考证出这些人的来源地，他们分别来自现在的河南、河北、山西、山东等地，分属当时的赵、魏、齐等国，由此印证了司马迁在《史记》中的记录。司马迁写道："始皇初即位，穿治郦山，及并天下，天下徒送诣七十余万人。"这些来自"天下"的服役者，在残破的瓦片上，向着黑沉沉的历史刻下了他们庄严的证辞！

此外，这些瓦文还是目前我国所见最早的墓志！我们很难设想，后世高官显贵刻石立碑，洋洋洒洒数以千言，用以记述生平事迹、歌功颂德的墓志铭，很可能竟源自那些地位低下、死无

刑徒瓦文墓志。赵背户村刑徒墓地出土，是我国目前所见最早的墓志。其内容简略，多数仅记死者姓名和籍贯，瓦文字数较多的则记录下死者的姓名、籍贯、爵名和刑名。这些刑徒瓦文墓志的出土，印证了文献记载中征天下刑徒到骊山修陵的史实。

葬身之地的奴役之俗！

在这里，渭水之滨骊山脚下的层层黄土垄中，千娇百媚的龙子龙女，锦衣玉食的达官显贵，草席裹身的役卒刑徒，以及那些被赋予了生命意义的陶人陶马，他们的命运都化归于同一分重量。生前的尊卑贵贱早已失去任何意义，他们平等地躺卧在冰凉的黄土层下，共同为秦始皇创建的那座硕大无比的皇权大厦奠基。

三、跨越世纪的问号

千百年来，重重迷雾一直笼罩着秦始皇陵园上空，无数的求索之士把迷惘的目光投向它，尔后又无奈地摇摇头掉头离去。

当20世纪的阳光飘落到那座丰隆的丘顶，考古科学的传入与发展为我们揭开这些谜团提供了科学有效的途径，而当代高科技手段的应用，更是大大促进了秦陵考古工作的前进步伐。

然而，不可否认的是，由于秦始皇陵园规模宏大，结构复杂，探索工作任重而道远，再加上文献记载的匮乏，自然和人为的破坏，致使大量的遗迹残损过甚或荡然无存，这无疑增大了我们求知的难度和不可预见性，而许多历史谜团能否真正揭开，事实真相能否最终昭示天下，就成为新世纪考古学家一个挥之不去的梦想，更成为世人普遍关注的焦点话题。

谜团一：秦始皇身世之谜

由于文献记载的前后矛盾，秦始皇的身世成为秦代历史上最大的未解之谜。

在《史记·秦始皇本纪》中，司马迁非常肯定地写道："秦始皇帝者，秦庄襄王子也。庄襄王为秦质子于赵，见吕不韦姬，悦而取之，生始皇。以秦昭王四十八年正月生于邯郸。及生，名为政，姓赵氏。"这应该是延续秦代史书对皇室血统的官方阐述，具有很高的权威性，也是后世学者普遍接受的观点。

然而，同样是这个司马迁，在《史记·吕不韦列传》中却笔锋一转，写道："吕不韦取邯郸诸姬绝好善舞者与居，知有身。子楚（即秦庄襄王，又名异人）从不韦饮，见而悦之，因起为寿，请之。吕不韦怒，念业已破家为子楚，欲以钓奇，乃遂献其姬。姬自匿有身，至大期时，生子政。"也就是说，吕不韦将赵姬献与子楚前，已经怀上了自己的骨血，秦始皇的生父实为日后掌握秦国大政的宰相吕不韦！后世史家对这一条记述将信将疑，却又拿不出真实的证据。

血统纯正是王位继承制度最重要的内容，嫡子与庶子尚有天壤之别，更不用说私生子和养子之类的地位了。就照司马迁在《吕不韦列传》中的逻辑，嬴政若能顺利即位，自当是秦庄襄王被蒙在鼓里，不明真相。诚如司马迁所说，赵姬自

匿有身，那么孩子的生日必然异常，因此相信嬴政非秦国血脉者，就在生辰“大期”两字上作文章，认为嬴政是怀足了十二个月才诞生的，但这无疑与现代医学常识有悖。

从历史角度来看，秦人的口碑不是很好。早年在西北草原上替周天子牧马的秦人部落文化落后，让自认为是文明之邦的东方诸侯丑化、鄙视，以夷狄视之；强大后的秦国又因剽悍尚武、恃强凌弱而备遭各国仇视。就拿战国末年至秦亡的这短短数十年间来讲，秦人犯下的暴行也着实不少：长平之战坑杀赵卒40万，平定六国诛灭遗民手段残酷，加上严刑酷法，横征暴敛，焚书坑儒，筑长城，修驰道，兴宫馆，建陵墓，致使天下生灵涂炭，“暴秦”之名不胫而走。因而在秦末以来，各种贬抑、诋毁秦人的言论著述不胜枚举。嘲弄秦始皇的身世，自然也成为抹黑秦人的一把利刃！

也有学者认为，司马迁采纳的是史书中常用的规避方法，即在《本纪》中使用冠冕堂皇的官方阐述，而在《传记》或其他不起眼处则直述弊端。这种观点经仔细推敲似乎也站不住脚。司马迁是一个受人尊敬的严谨正直的史学家，曾甘冒死罪为李陵投降匈奴事在大庭广众之下与汉武帝辩争，又岂能为一个时过境迁、世人公认的“暴君”粉饰？合理的解释应该是，到了西汉中期，有关始皇帝身世的传闻已无从考证，司马迁只能撷取不同观点，由后人仁者见仁、智者见智了！

秦始皇的身世之谜已悬疑两千余年，出于不同目的，后世的文人墨客曾一度恣意阐释，甚嚣尘上，之后便渐趋于消沉。近年来，随着商品经济的发展，一些涉及秦始皇的影视作品为了提供炒作噱头，加强商业包装，刻意描述秦始皇与吕不韦的关系，使得这段沉寂多年的历史谜案再度浮现，引起社会大众的浓厚兴趣，也在学术界产生了广泛争论。

在这些传奇性的故事中，还有一些更为离奇的想象，如小说《情商吕不韦》中就有这样的情节：一天傍晚，吕不韦同一个洗衣妇发生了一夜情，得了一位连他自己也不知道的女儿。这个女儿自幼流落民间，生活凄惨，在十几岁时嫁给了山东境内一个落魄的亭长。谁曾想，那个乡村级别的芝麻官后来竟发了大迹，把大秦帝国的江山尽数揣进了自己的口袋。

那个小小的亭长叫刘邦，吕不韦那位从未谋面的女儿叫吕雉。

吕不韦算盘拨得山响：管你大秦还是大汉，坐龙廷的终归是自己的血脉！试问天下的买卖人，谁的生意能超过他？这是闲扯带过不提。

我们再回过头来看秦始皇的身世之谜。客观地讲，以现有的考古学成果和历史学研究，尚不足以解决这一历史谜案。有朝一日，当积累了足够多的秦公帝王陵墓资料后，通过 DNA 测定技术，或许能给世人一个比较肯定的答案，能还始皇大帝一个历史公道。

谜团二:地宫之谜

地宫是秦始皇陵的核心所在,也是目前考古工作尚未触及的最敏感的区域,其中蕴涵的秘密是最令人遐想的。

就其深度和结构这类看似简单的问题,也不知耗费了几代考古学家的心血,至今仍无确切的定论。

根据《史记》记载,地宫的修建者最终都被活埋于其中,有关地宫结构的真实情况,在当时恐怕也很难说清了,而后代文献中只言片语的零散记录,不排除其中颇有些风传之言,因而在为我们探索地宫之谜提供一丝线索的同时,也增添了不少新的谜团和疑惑。

关于地宫的深度和结构,考古学家运用了许多最新的科学手段进行勘测,这一切在前文已有细述,这里不再重复。

有一条史料的发现,使得原本就充满悬疑的地宫结构更加扑朔迷离了。《汉旧仪》中曾记述过这样一件事:公元前220年,监造骊山陵的丞相李斯向秦始皇汇报说,陵墓地宫挖掘“已深至极”,“凿之不入,烧之不燃,叩之空空,如下无状”,好像已到了地底一样。秦始皇听罢,下令“再旁行三百丈乃止”。这个“旁行三百丈”究竟是何意?长久以来,考古学家对此百思不得其解。

《汉书·贾山传》有一段关于始皇陵的记载，其中有"中成观游，上成山林"的描述。有学者据此认为，"中成观游"即巡游天下之意，地宫中可能开挖了四通八达的隧道，以象征秦始皇生前五次出巡的场景。

在民间，也传说秦始皇陵的地宫是在骊山主峰之下，骊山和秦陵之间还有一条地下通道，这与《史记》中的"穿治骊山"不谋而合。传闻每到阴天下雨的时候，通道中就会有"阴兵"来往穿行。虽然这只是一个民间传说，考古工作者也不敢丝毫怠慢，在相关地域进行了一系列考古勘探，遗憾的是迄今尚一无所获。

中国地质调查局研究员刘士毅先生，带领一个物探课题组在秦陵区进行探测，在封土以南约700米处发现了重力异常的现象，按地质理论的原理，说明该异常区与周围土质存有差异。依据这一探测结果，王学理先生推测，秦陵的封土堆南部紧挨骊山，由于地处山间冲积扇，山下分布着大量的砾石，修陵人员从地宫向南挖巡游通道时，遇到了砾石层的阻隔，这同李斯向秦始皇报告的情况是相符合的，所以工程不得不改向挖掘，此即所谓的"旁行三百丈"。

秦陵考古队长段清波先生则推断，秦始皇陵地宫最初的选址，可能就选在了这个地质结构异常区，挖掘过程中因土中含有大量砾石而被迫停工，最终不得不把地宫向北移到了目前的位置。

在可以预知的未来，这些推测和疑问，仍会不断萦绕在考古学家的脑海里，直到疑团的最终解决。

谜团三：秦始皇陵区埋藏着多少奇迹？

秦始皇陵区内，究竟还有多少未被发现的陪葬坑？地宫中又埋藏了多少奇珍异宝？

面对这些寻问，短期内恐怕无人能够解答，我们只能从文献中那些充满遐想的零星记录和40余年来的考古发现来满足人们的一点好奇心。

根据考古工作者的调查，秦始皇陵区总面积约56平方公里，由外向内，呈现出陪葬坑越来越多、出土物越来越精的分布规律。

帝陵的核心区，是以封土堆为中心的约17.5平方公里的区域，它是以秦始皇陵园的内、外两重城垣为大致范围，即园区的内层和中层，是文物遗迹最为密集的区域。

限于人力物力等种种因素，目前对陵园外层进行的考古勘探工作还很不够，地下文物的埋藏情况还不甚明确。即便如此，考古学家依然为世人奉献出了世界第八大奇迹的兵马俑坑、青铜之冠铜车马、妙趣横生的百戏俑、精美绝伦的铜水禽等一大批震惊世界的重大发现。陪葬的内容，涉及到当时的军队建置、官署衙门、宫廷娱乐、车马出行等方方面面。

然而令人费解的是，陵园外如此规模巨大、制作精美的撼世之作，居然在历代文献中找不到任何蛛丝马迹。如果说了解地宫详情的工匠被闷闭于地下，那么制造大量兵马俑、石铠甲所需要的数以千万计的工人，怎能在如此浩大工程结束以后全都人间蒸发了呢？他们是如何保守这个秘密的？这本身就已成为一个无人知晓的谜。

战国鹿纹瓦当。出土于陕西凤翔县，是秦国的建筑遗留。瓦当中的奔鹿，形象生动，姿态逼真，可见秦人对动物神形的把握已到了一个很高的境界。

由于秦陵埋藏事迹的隐而不露，使得我们对秦陵考古的未来充满遐想。每一次常规的发掘，都有可能爆出惊天的秘密，而每一铲泥土的掀开，都有可能为世人奉献上一个震惊世界的奇迹！

按照秦始皇好大喜功、奢华无度的作风来看，作为墓葬核心的地宫，无疑是一座奇珍荟萃的地下宝库。在这里，司马迁为我们留下了一丝线索，虽然只可能是当初原貌的挂一漏万，但也为我们打开了一扇了解地宫的窗口，这在前文已有细述，不再复引。

司马迁那短短的百余字，是迄今有关秦陵地宫最可信、最丰富的史料！许多对秦陵充满兴趣的学者都对这段记录作出了自己的解释，其中比较统一的认识是：地宫顶部雕刻或彩绘着象征日月星辰的天文图，地面以流动的水银代表山川河流，披以珠玉、饰以翡翠的秦始皇，就躺在这里仰观天文、俯察地理，统治着幽冥世界中的芸芸众生。

有关秦始皇的棺椁，历代文献叙述说是“下铜而致椁”、“冶铜锢其内，漆涂其外”，以及“棺椁之丽，不可胜原”，它的具体样式到底是什么，一百个人也许就会有一百个猜想。

至于地宫中建筑景观、奇珍异宝，司马迁更是以一句“徙臧满之”就一笔捎过了，真是令后人欲罢不能，浮想联翩。

谜团四：项羽是焚烧秦始皇陵园的罪魁祸首吗？

中国古代的帝王陵园，在历史上或多或少地都遭受过自然和人为的破坏，尤其是在改朝换代的战乱时期。它们有些是疏于管理而自然凋敝，有些则纯属人为的劫掠。

根据古代文献的记载，秦始皇陵园在秦末农民起义时期，曾遭受到大规模有组织的焚毁和劫掠。《史记》和《汉书》中都记录着相同的事件：西楚霸王项羽攻入咸阳后，出于报复心理，纵兵“燔其宫室营宇”，焚烧破坏了陵园建筑及相关陪葬坑，并纵兵盗掘和洗劫了始皇陵。

考古工作者在多年的发掘中，已发现了一些相关的痕迹。如他们在部分陵寝建筑和陪葬坑内，都发现了有明显的

秦俑坑北厢房陶俑出土状况。北厢房明显地受到人为破坏，陶俑残碎过甚，经修复，共复原铠甲武士俑22件，另清理出鹿角和其他动物骨骼。

人为盗扰和焚烧的迹象，这种痕迹在兵马俑一、二号坑中表现得尤为明显。因此大多数学者认为，秦始皇陵园的第一次大规模破坏应是项羽所为。

近年来，随着考古工作的广泛深入，一些学者也提出了与此不同的观点。秦俑考古队的刘占成先生，针对秦俑坑的发掘迹象提出了六点质疑：第一，俑坑顶部棚木完整，没有零乱和折断的现象；第二，俑坑门道封门遗存完好，未发现大队人马进坑的入口；第三，倒斜的兵马俑多为坑顶塌陷造成，不见人为推倒或蹬翻的情况；第四，兵马俑身上没有打击点，与项羽大军入坑打砸情景不合；第五，没有发现破坏者零乱的足迹；第六，坑内兵马俑的移位和缺失没有想像中那么严重。因此刘占成先生认为，秦始皇陵园的破损状况不应该是项羽军队有目的有组织的破坏。

此外，还有学者另辟蹊径，认为陪葬坑中的火烧痕迹，可能是完工后的一种燎祭仪式，根本与人为焚毁无关。

当然，以上各种观点都缺乏直接的证据。西楚霸王能否摘掉这顶破坏人类文化遗产的“帽子”，还有待考古学家进一步的努力。

谜团五：谁进入过地宫？

陪葬着无数珍宝的地宫，无疑是盗墓者垂涎三尺的聚宝盆。据有关人员统计，在我国已知的数百座帝王陵墓中，保存完好的几乎没有，绝大多数都历经盗掘，有些陵墓的封土上，密密麻麻地遍布着数十乃至上百个盗洞，令人触目惊心。民国时期的军阀孙殿英对清东陵的武装盗掘，只不过是乱世劫掠帝王陵墓的最近一个实例！

独处骊山脚下的秦始皇陵，能否躲过这种劫难？奢华的地宫是否已被盗掘一空？这成为考古工作者的一个心病。

通过对大量古代文献的查阅，并参考流传甚久的民间传说，秦始皇陵在历史上至少经历了五次大的浩劫。

其一是《史记·高祖本纪》中的记载，秦末项羽军队进入咸阳后，纵火焚烧了秦宫室，还“掘始皇帝冢，私收其财物”。这一说法影响至深，后代又据此演绎出多种版本，而且越演绎越悬乎。比如北魏郦道元《水经注》中称，项羽派 30 万大军挖掘始皇陵，年轻力盛的士兵一连搬运了 30 天，最终也没能运完地宫中的宝物；晋代王嘉《拾遗记》中却说，始皇陵被挖开后，一只金鸟从中飞出，后被人捕获，日南太守张善博学多识，考证后认定是秦始皇陵中的物品；唐代李亢《独异记》中也说，项羽打开了始皇墓，探取墓中珠宝，费尽心力也未能取尽，有金雁飞出墓外，结果被一个网鸟的人捕获。

其二是《汉书·刘向传》记述的一个故事。一个牧童在放羊时，有一只羊陷入墓穴中，牧童持火把入内追寻，不慎烧毁了地宫内的棺椁。在后世的《水经注》和《三秦记》中，更渲染说那把牧童燃烧起来的大火，直烧了三个月仍不熄灭。

其三是西汉末年，绿林赤眉起义，关东义军攻入关中后，挖掘了始皇陵，熔铜椁以取铜铸造兵器，还在墓中发现有水银。

其四是十六国时期，后赵石虎为获取宝物，派人盗掘历代帝王陵，始皇陵当然也难于幸免。他们从始皇陵中挖出铜柱，熔化后用以铸器。

其五是明代都穆《骊山记》所说，唐末黄巢起义军进入唐都长安城后，曾派兵挖掘过始皇陵。

经过缜密的考证，多数学者对上述记载都提出了质疑。

首先是项羽盗墓说。此说源于楚汉相争时刘邦声讨项羽的檄文，考虑到当时的政治背景，檄文内容本不足为凭，而后代演绎出的30万人搬运了30天之说，更加不符合事实真相。至于《拾遗记》和《独异记》等志怪小说所记金雁事，则只能视之为荒诞的传奇故事。

其次，牧儿失火说也经不起推敲。秦始皇陵地宫深达数十米，即便能够进去，在缺氧的环境下也不可能点着火，更不用说烟火三月不绝了。

至于后三种说法，从战乱的大背景来看，不能轻易排除盗掘的可能性，但所记内容不尽详实，并且都是后人或敌对势力贬斥前人时附带的评议，其可靠性自然也大打折扣。

考古学家并没有深陷于文献记载的迷雾中，他们决定用事实来说话。

通过年复一年的实地勘查和钻探发掘，考古学家们确认，由夯土筑成的秦陵封土保存基本完好，厚20—60厘米的夯层叠压有序，层次清晰，排除了人为大规模扰动的可能性。封土上虽有几处盗洞，但孔径较小，最深者深入到地下十余米处就自行消失了，距离地宫深度还差得很远。封土四周16个陪葬坑也保存良好，未见人为盗扰迹象。而近年来钻探出来的地宫宫墙以及用夯土封堵的宫门都保存完整，也没有发现人为破坏的任何痕迹。

综合以上因素，再考虑到封土之高、地宫之深，以及弥漫在陵墓中的水银毒气，专家认定，秦始皇陵地宫可能在历次大规模盗扰中得以幸免于难，始皇大帝的灵柩至今依然完好无损地深藏于地下，其神秘的面纱，正等待着有缘人去一点点揭开！

谜团六：陪葬墓的疑惑？

在秦始皇陵区范围内，共发现了大大小小 400 余座墓葬，分布在九处不同的区域。由于种种原因，经过系统考古发掘的只占其中的很少一部分，对很多墓葬性质的判断，都是建立在文献记载和现场初步调查的基础上，由此在学者之间，也产生了许多不同的看法和争议。

目前唯一没有争议的，是位于陵园西侧的赵背户村、姚池头村和五砂厂的三处修陵人墓地。考古工作者对其中的 32 座墓进行了清理，简陋的墓室、层层叠压的白骨，还有镌刻着死者姓名籍贯的瓦文，都清楚地表明了墓主人卑微的身份和地位。

陵园东侧的上焦村墓地，在 20 世纪 70 年代进行过系统发掘。这批墓葬规制较高，出土物品也比较丰富，有金、银、玉、铜、铁、骨、贝、漆、陶器等多种随葬器物，还发现有“少府”、“荣禄”、“阴嫚”等印章，显示了墓主人的尊崇身份。墓中的死者多属死于非命，因此有学者就判断墓主人应当是被秦二世杀害的始皇子女，并进一步推测道，其中的一座空墓可能是赐死于边郡的长子扶苏的“衣冠冢”！但这些推论都缺少有说服力的证据。近年来，也有学者对此提出了完全不同的观点。

至于封土西北角的公子高墓和陵园内城东区的后宫妃嫔从葬墓，都未经正式发掘，其性质的判定还缺乏充分的证据，完全是根据墓葬所处的较为特殊的位置来推断的，其确切属性尚需进一步探讨。而位于内、外城垣西侧的60余座空墓，就更为后人留下了无限的遐想空间。

另外，在兵马俑三号坑西侧发现的一座“甲”字形大墓，也曾在学术界引起过一场轩然大波。

该墓坐南朝北，规模较大，墓道长52米，墓室面积约230平方米，墓室底部钻探出木炭的痕迹。一经发现，即有人断言，此墓应与兵马俑之间存在着极为密切的关系，很有可能就是统领这支庞大军团的将军之墓！此猜想一提出，当时即在考古界引发了很大的争论。

1984年，又有学者提出，该墓是秦国宣太后的陵墓，兵马俑是宣太后而非秦始皇的陪葬坑。此论一出，立刻在国内外媒体和学界引起强烈反响，纷纷来电来函了解详情，并在当年的秦俑学国际学术研讨会上成为各方注目的焦点。

时至今日，各种争论都归于沉寂，这座大墓的真正主人还隐藏在历史的迷雾中，它与兵马俑之间的关系到底如何，也只能留待日后的考古发掘来作出解释。

由于文献的缺乏，我们对秦代的陪葬体系尚不甚了解，再加上秦始皇是暴亡于巡游途中，仓促归葬于骊山，秦二世即位后又滥杀宗室大臣，不久陵园即遭到秦末农民战争的破坏，因此秦陵陪葬墓中还蕴藏着多少未解之谜？今天我们仍不得而知！

谜团七：千古之谜何时解？

屹立在骊山渭水间的秦始皇帝陵，默默承受了两千余年的风雨侵蚀，饱经战乱时期的种种劫难，依然固守着这个人类历史上最大的谜团。正如清代文人袁枚《始皇陵咏》中所说："生则张良椎之荆轲刀，死则黄巢掘之项羽烧，居然一抔尚在临潼郊，隆然黄土浮而高。"

40 多年来，考古工作者的孜孜求索，终于为世人开启了一扇破解千古之谜的窗口。今天，在社会的强烈关注和开发文物旅游资源的滚滚洪潮下，考古学家又在想什么？

秦始皇陵能发掘吗？

笼罩在人们心底千百年的谜团何时得以化解？

根据专家的推算，如果使用传统的考古钻探技术，要想全面了解秦始皇陵区地下埋藏情况，至少还需要200年！值得庆幸的是，现代高科技手段在考古学上的应用可以大大加快这一进程。然而对于人们最为关心的焦点话题——何时发掘秦陵地宫？文物主管部门和保护专家却给出了一个异常简洁明确且出乎绝大多数人意料之外的答复——短时间内不可能挖！

如果说几十年前我们不发掘帝王陵墓，很重要的原因是资金和技术问题，而现在我们不挖帝王陵，更多的是出于文物保护理念的进步。

文物作为人类文明的载体，是一种不可再生资源，它属于全人类的共同财富，一旦损坏，将永远消失。而文物保护的难度又相当大，诸如壁画、彩绘、简牍、织物等有机质文物的保护，更是世界性的难题。很多保护技术即使当时效果很好，但随着时间的推移，也无法预测长久的负面影响。因此，当今世界各国的文物考古机构，对于保存状况较好的大型遗址和墓葬，都是尽可能地保持文物的原生环境，一般不进行主动发掘。

对此，中国文物考古学界曾有过惨痛的教训！

20世纪50年代中期，在老一辈历史学家郭沫若、吴晗、邓拓、范文澜等人的坚持下，明万历皇帝的定陵地宫被打开了。但这次莽撞行动的后果，被一直持反对态度的著名考古学家夏鼐先生不幸言中：色彩鲜艳的丝绸类织物在接触空气的瞬间化为灰烬，大量有机质文物遭到毁灭性破坏，连万历皇帝的尸骨，后来也被红卫兵焚毁。定陵发掘的考古报告，也是时隔30多年以后才得以完成。因此在10余年后，当郭沫若先生再次向国务院报请发掘明长陵及唐乾陵时，均被周恩来总理断然否决！

时光进入20世纪90年代，在借鉴国内外文物保护先进经验和理念后，中国政府提出了“保护为主，抢救第一”的文物工作方针，为今后的文物保护和考古发掘确定了基本方向。因此，在面对国内外舆论和社会各界对发掘秦始皇陵地宫的关注时，国家文物主管部门及文物考古界的专家学者，都旗帜鲜明地表达了反对的意见。下面我们就来听听他们的说法。

国家文物局文物保护司副司长宋新潮：“把它们留在没有开掘过的墓葬里更好，墓内稳定的状态更适合文物长时间保存，至少目前的技术能力和人工环境远远不行！”

中国社会科学院考古研究所所长刘庆柱：“发掘秦始皇陵必须具备这么几个条件：其一，秦始皇陵是中国历史上最大的帝王陵墓，是我们的，也是我们子孙的，对它的发掘必须要具备好的条件；其二，文物是不可再生的，特别是像秦始皇陵这样极其重要的文物，保护条件不好，损失就会很大。也就是说，必须有万无一失的保护条件；其三，国际上，对一切考古发掘都有着严格的要求，对古遗址都是不主动去发掘。正因为如此，在短期或在一个相当长的时间内，是不会主动对秦始皇陵进行发掘的。”

北京大学考古文博学院教授赵化成:“保护是第一的,保护好了才能研究。两害相权取其轻，做任何事情都要看利弊。帝陵不发掘,在考古界是共识。……近30—50年内,这个问题要放一放。”

秦陵考古专家张占民:“作为一名基层考古工作者,如果有人问我的感受如何,我实话实说——迟一天挖比早一天挖更好。……如果把地宫保存了2200多年的珍贵文物毁在现代考古学家手上,那不成了千古罪人！”

秦陵考古队队长段清波:“现在发掘,既没有迫切性,技术上也不能过关。……我们从没有讨论过地宫开挖的问题！从来没有！”

……

在文物考古工作者和社会各界的积极努力下,陕西省政府正通过立法等程序对秦始皇陵进行保护。目前,《秦始皇帝陵保护条例(草案)》已进入审议阶段,草案将秦始皇陵区划分为重点保护区和建设控制地带,对可能影响文物安全、环境景观的各种行为做出了严格的限制和规范。

另据最新消息,为提升骊山风景区品位,更好地向世界展现秦文化风采,投资5亿多元建设秦始皇陵遗址主题公园的项目也已通过旅游规划认证,并报请国务院批准。相信在

不久的将来，秦始皇陵景区将以焕然一新的面貌呈现在世人眼中。当来自世界各地的游客徜徉在这历史的隧道中时，他们也许才会发现——

萦绕在脑海中的千古未解之谜，才是秦始皇陵最迷人、最独特的一道风景线！